KB074799

염신현 에세이

당신의 깃털보다 내가 가벼웠던 시절

당신의 깃털보다 내가 가벼웠던 시절

염신현
에세이

저자의 말

너무 좋아하면 우리는 살피게 됩니다.
멀어질까 겁이 나서 그 사람에 나를 맞추게 됩니다.
그렇게 나는 사라져갑니다.
당신, 변했어, 라며 그 사람도 떠나갑니다. 우리는
예전의 나를 찾아 나서지만 나는 번번이 실패합니다.
예전의 나는 이미 나를 알아보지 못합니다.
사랑을 찾는다는 것은 결국 나를 찾는 과정일지 모릅니다.

이 책은 사랑에 관한 이야기입니다.
그리고 누군가를 만나는 여정이기도 합니다.
그 누군가가 당신이길 바랍니다.

목차

1장 – 사랑 혹은 이별

2장

–

농담 혹은 진담

1장

사랑 혹은 이별

첼로
연주자

자기 세계에만 빠져 사는 사람은
잠시 남의 세계에 빠지는 걸 사랑이라 하고,
자기 세계로 돌아오는 걸 이별이라 하고,
자신의 연주만 듣는 첼로연주자처럼 눈을 감고선
추억이라 한다. 자기 세계에만 빠져

낙서

우리 일 년 후에 다시 오자! 남녀가 오래된 주점의 벽에 이렇게 쓰고 있었다. 주인은 미안한 듯 말했다. 어떡하나, 우리, 다음 달에 가게 접는데? 커플은 웃으며 말했다. 걱정 말아요, 우린 오늘 헤어졌거든요. 이어 주인은, 이보게 연인들, 함부로 하는 약속은 낙서보다 더 나쁜 거라네, 라고 말하지 않고 행주를 갖고 와서 말없이 벽을 닦았다. 그래도 낙서는 백지보다 아름답다.

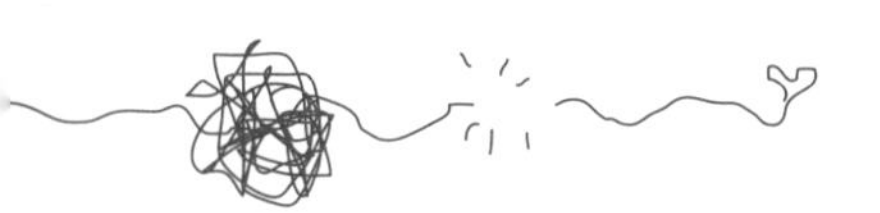

사
이
다

초록색 병에서 나온 사이다는 두 개의 유리잔에 나누어
담겼다. 그 해 여름, 남자와 여자는 각자의 잔을 비웠다.
그것은 따끔거렸지만 달콤했다. 하지만 두 개의 빈 잔이
된 두 사람은 초록의 시절로 돌아갈 수는 없었다.
그들의 사이다는 한 병뿐이었으니까.

야자

말을 글에 맞추는 남자가 있었다. 그의 말은 마치 글처럼
정제되고 군더더기가 없었으며 느렸지만 진중했다.
글을 말에 맞추는 여자가 있었다. 그녀의 글은 마치 말처럼
살아 있었고 숨소리까지 생생했으며 가볍게 날렸지만
떠올라 사라지지 않았다. 어느 맑은 날. 두 사람은 사랑에
빠졌다. 두 사람의 대화는 깃털로 만든 바위 같았다.
두 사람이 주고 받은 연서는 바위로 만든 깃털 같았다.
이윽고 어느 깊은 밤. 둘은 사랑을 했다. 말도 글도
바위도 깃털도 물러나서 말도 글도 바위도 깃털도
숨죽이고 있었다. 남자는 진중하게 말했다.
"이제… 우리… 반말로 얘기할까… 요?"

사랑에 관한 몇 가지

한 장님이 코끼리를 더듬으며 말했다. 이건 어마어마한 둥치의 나무 같아요. 또 다른 장님은 말했다. 이건 쭈글쭈글한 날개 같군요. 또 다른 장님은, 이건 길쭉한 대롱 같은데요, 라고 말했다. 그들은 모여 서로의 의견을 나누었다. 마침내 100일째 되던 날 그들은 한 장의 그림으로 코끼리를 완성했다. 한자리에 모여 선포했다. 이것이 코끼리다! 하지만 아무도 확인할 수 없었다. 그곳은 장님들만 사는 나라였으니까.

해바라기 밭

남자는 말했다.

숨진 아내를 위해 7km짜리 해바라기 밭을 만든 남자가
있대. 하지만 그런 남자라면 이전 사랑을 위해서도
해바라기 밭을 만들었을 거야. 다음 사랑을 위해서도
해바라기 밭을 만들겠지. 아무리 사랑해도
해바라기 밭밖에 만들 수 없는 남자가 있어.
내가 보기엔 걔가 그런 남자야.
그래도 넌 걔의 해바라기가 되고 싶어?

여자는 대꾸했다.

물론이지. 넌 동의하지 않겠지만. 난 그렇게 생각해.
해는 때로 해바라기가 만들기도 하는 거라고 말이야.

모과

매번 이건 운명이라며, 운명처럼 사랑하던 여자가 있었다. 다음 사랑이 오면 또 하나의 운명이라며, 여자는 또 하나의 사랑을 했다. 그녀의 운명들은 대숲에 모과가 떨어지듯 뚝 뚝 소리를 내며 떨어졌다. 하지만 그녀의 모과나무에는 모과가 끝없이 열렸다. 모과처럼 끝없이 사랑하는 것. 그것이 그녀의 운명이었다.

몸을 던진다는 것

이루어질 수 없는 사랑 앞에서 절망한 남자가 다리에서 몸을 던졌다. 여자도 따라 몸을 던졌다. 어떤 근거도 없었지만 둘은 같은 곳에서 만날 거라고 믿었다.
그것이 100번째였다. 그리고 드디어 101번째에야 둘은 다이빙 선수 커플로 태어났다. 오랜 사랑의 결실이었다.

100%의 남자

여자는 그 영화가 너무나 보고 싶었지만, 그 남자랑은 보지 않았다. 그 영화만큼은 사랑하는 사람과 보고 싶었다. 100%의 남자를 만나면 그랑 같이 보고 싶다고 했다. 둘은 다른 모든 영화를 보았지만 그 영화는 보지 못했다. 그들의 한가운데에는 언제나 그 영화가 있었다. 말하자면 그들은 가운데가 빈 도넛이었다. 노른자가 없는 계란 프라이이기도 했다. 둘은 끝끝내 단 하나의 영화를 보지 못했다. 그것은 가슴 아픈 이야기였다.

장롱

장롱 앞에서 무릎을 꿇고 엉엉 울었던 사내가 있다.
그는 이미 장롱과 대화하는 법을 잊었다. 물론 장롱도
사랑스러운 여인이었던 시절을 잊었다.
습관은 사랑을 죽인다.

외로움에 관한 짧은 이야기, 6섯개

하나. 외로운 두 사람이 만나서 점점 가까워졌다.
더 이상 외롭지 않았다. 더 이상 외롭지 않은 두 사람은
결혼을 했다. 그들은 점점 외로워졌다. 도로
외로운 두 사람이 되었다.

둘. 외롭지 않은 두 사람이 만났다. 그들은 어떤
두려움도 없이 결혼을 했다. 그들은 점점 외로워졌다.
두 사람은 헤어졌지만 누구도 그 외로움에서
빠져나오지 못했다.

셋. 외로운 두 사람이 만났다. 두 사람은 어떠한 기대도 없었다. 그들은 매일 만났지만 어떠한 기대도 없었다. 그리고 그들은 매일 헤어졌지만 어떠한 기대도 없었다. 그 무엇과도 무관하게 그들은 태생적으로 외로웠다.

넷. 외로운 게 뭔지 궁금한 두 사람이 있었다. 그들은 외로움을 몰랐다. 궁금한 게 너무나 잘 맞던 그들은 결혼을 했고 드디어 외로움을 알게 되었다.

다섯. 한 사람만 외로운 커플이 있었다. 한 사람은 더 잃을 게 없었고 나머지 한 사람은 더 원하는 게 없었다. 두 사람은 결혼을 했다. 외로운 사람은 여전히 외로웠다. 나머지 한 사람도 덩달아 외로워져 갔다. 그리하여 모두가 외로워졌다.

여섯. 여섯 번째 사람은 언제나 외로웠다. 그 방엔 의자가 다섯 개뿐이었다.

돼지라 불리는 남자

사랑이 시작되자 여자는 남자를 '돼지'라고 부르기 시작했다. 남자는 돼지를 보면 행복해졌다. 하지만 그것은 돼지의 공로는 아니었다. 사랑이 끝났음에도 여자는 여전히 남자를 '돼지'라고 불렀다. 남자는 돼지를 보면 슬퍼졌다. 하지만 그것은 돼지의 잘못은 아니었다.

국민연애안전처
공지사항

제대로 된 연애를 하기 위해선 일단 이상한 자들을
식별할 수 있는 분별력을 길러야 한다고들 합니다.
대개는 지나고 난 뒤에야 아하, 하고 무릎을 치게
됩니다만, 사실 이상한 것들은 범죄자와 같아서 반드시
징후를 보이게 되어 있습니다. 그 징후란 게 미묘해서
정신을 차리고 보지 않으면 보이지 않아요.

그렇지만 사랑이 뭡니까? 바보가 되는 거 아닙니까?
유심히, 제대로, 정신을 차리고 볼 수 있다면 이미
사랑이 아닌 거죠. 우리는 실험실이나 취조실, 혹은
음압병실에서 사는 게 아니지 않습니까?
안 그렇습니까?

여러분! 사랑에 빠진다는 건 한마디로…
맛이 가는 겁니다. 미치는 거죠. 징후든 뭐든
그건 사건 밖에서나 하는 편리한 얘기들인 거고…
사실 안에서는… 답이 없는 겁니다. 일단 빠지면…
각자 알아서 살아남는 거죠. 말하자면 그건… 이름이
아주 매혹적인 질병 같은 거라 할 수 있지 않을까요?
이를테면, 메르스 같은?

그 사람

그때는 아무것도 할 수 없었다.
아무것도 아는 게 없어서.
이제는 아무것도 할 수 있는 게 없다.
이제 다 아니까.

설문조사

남자 1000명에게 물었다.

– 여기 두 여자가 있습니다. 과도한 자부심이 있는 여자와 과도한 열등감이 있는 여자. 당신은 이 둘 중 하나를 여자 친구로 삼아야만 하고 그 선택권은 당신에게 있습니다. 자아, 어떻게 하시겠습니까?

남자들은 대답했다.

– 그래도 자부심이 열등감보다 나아 보이는데요.
과도하다는 건 뭐든 문제이지만 그래도 자부심이
낫습니다. 자부심은 눈에 보이기 때문이죠. 하지만
열등감은 다릅니다. 열등감은 숨어 있죠. 은근하고
뒤틀려 있는 경우도 많고요. 그걸 본인이 인식하지도
인정하지도 않는 경우가 많아서 바꾼다는 것도 쉽지
않죠. 그래서 저는 과도한 자부심 쪽을
선택하겠습니다.

남자들의 대답은 한결같았다. 그들은 모두 같은 여자를
선택했다. 그리하여 자부심이 과도하던 여자는 자부심이
좀 더 커졌다. 열등감이 과도하던 여자는 열등감이
좀 더 깊어졌다. 어디나 남자들이 문제였던 것이다. 단지
조금 더 예쁜 여자였을 뿐이었는데.

타이밍

여자 때문에 운 일이 있는데 이루어질 수 없는 사랑
때문인 줄 알았는데 돌이켜 생각하니 오래전부터
언젠가 꼭 울어야지 했다가 그 울기에 좋았던 날 곁에
있던 여자가 걔였던 것만 같다. 여자한테 고백을 한
적이 있는데 그때는 옳지 사랑인 게야 했었는데 돌이켜
생각하니 그냥 고백을 간절히 하고 싶었던 차에 마침
그때 나를 지나치던 여자가 걔였던 것만 같다. 여자 때문에
대단히 쓸쓸했던 적이 있는데 돌이켜 생각하니 하나뿐인
사랑이 두 조각이 나서 쓸쓸했던 게 아니라 누군가는
쓸쓸한 남자가 되기에 너무나 완벽했던 그날 마침
내게서 멀어졌던 여자가 그 사람이었던 것만 같다.

제겐 어떤 남자가 어울릴까요?

도토리 같은 여자에겐 다람쥐 같은 남자가 어울린다.
부엉이 같은 여자에겐 올빼미 같은 남자가 어울린다.
고양이 같은 여자에겐 방울 같은 남자가 어울린다.
빈 병 같은 여자에겐 뚜껑 같은 남자가 어울린다.
벤치 같은 여자에겐 농구골대 같은 남자가 어울린다.
페북 같은 여자에겐 좋아요 같은 남자가 어울린다.
타월 같은 여자에겐 세수 같은 남자가 어울린다.
액자 같은 여자에겐 여행 같은 남자가 어울린다.
채찍 같은 여자에겐 당근 같은 남자가 어울린다.
화씨 62도의 여자에겐 섭씨 26도의 남자가 어울린다.
티티새 같은 여자에겐 아멜 선생님 같은 남자가 어울린다.
낙제생 같은 여자에겐 창 밖 같은 남자가 어울린다.

메뚜기 같은 여자에겐 도서관 같은 남자가 어울린다.
안대를 한 여자에겐 콩깍지 같은 남자가 어울린다.

[이하 23781908347개는 지면 관계상 생략키로 함!]

225페이지의
인내심에 관해

이상하게도 225페이지를 넘어가면 읽을 수가 없다.
질린다.
아무리 재밌는 책도 그렇다.
아무리 재밌는 사람도 그렇다.
사랑은 오래 참고.
사랑은 인내심인데.
내 인내심의 한계는 언제나 225페이지이다.
그리하여 이제는 어떤 뭔가나 누구를 만나도
225페이지부터 생각하게 된다.
첫 페이지부터 그렇다.
아, 이 만남은 몇 페이지짜리 책일까?

당신은 당신이 너무 무겁습니까?
그렇다면 커다란 풍선을 하나 드세요.
한결 가벼워지실 거예요.
당신은 당신이 너무 가볍습니까?
그렇다면 책을 하나 드세요.
226페이지가 있는 걸로요.
상담놀이도 재미없는 날.
햇살만 좋다.
봄 같다.

근데, 넌 몇 페이지짜리 책이니?

심해
아귀

심해아귀는 너무 어두운 데 살아서 평생 짝을 못 만나는
경우가 있대요. 근데 한 번 만나면 평생 같이 간대요.
너무 어두워서. 잃어버릴까 봐. 그래도 밝은 수면으로는
올라오지 않는대요. 너무 어두워서…가 아니라 너무
못생겨서. 남들이 놀랄까 봐. 둘은 괜찮은데. 그래서
평생을 손잡고 바닥만 헤엄쳐 다니는 심해아귀는… 짝을
잃으면 슬픔에 고통스러워하다 남은 한 마리마저 죽어
버린대요. 그렇지만 아무도 모른다고. 너무 어두워서.
이건 정말 슬픈 이야기이지 않아요?

피노키오

이름을 붙이면 그 속성이 빠져 나온대요. 자석처럼요.
난 그 사람에게 피노키오란 이름을 붙이고 싶었어요.
그럼 그 남자의 거짓말들이 모두 빠져 나올 거라고
말이죠. 난 그 사람을 오렌지라고 부르고도 싶었어요.
사과가 아니라요. 그럼 그 사람은 겉과 속이 같은 사람이
될 거라고 말이죠. 그 사람이 아니면 제겐 의미가
없었으니까요.

아스파라거스

남자는 여자에게 말했다.

나, 너한테 할 말이 있어. 그래서 만나자고 했어.
오랫동안 준비했던 말이니까 또박또박 잘 들어줬음
좋겠어. 난 이젠 안 되겠어. 미안해. 난 너한테 아무런
도움이 안 돼. 난 더 이상 너라는 대륙의 일부가 될 수
없을 거 같아. 너라는 바다의 일부도 될 수 없을 거 같아.
그 동안 말은 안 했지만, 너도 알고 있겠지. 내가 너의
그 무엇도 될 수 없다는 걸. 말하자면 난 네 인생의 한낱
아스파라거스인 거 같아. 왜 있잖아, 외딴 섬. 오래된
거북이랑 물개가 해변에서 자고 홀로 진화를 해왔다는
섬. 난 네 인생의 아스파라거스인 거 같아.

여자는 차마 갈라파고스라고 말할 수 없었다.

이게
말이
된다고
생각해?

아무것도 이해할 수 없기에, 너무나 잘 알기에, 첫눈에 반했기에, 없으면 안 되겠기에, 어떤 밤의 라면 하나 때문에, 나를 보는 시선 때문에, 마음이 넘쳐 어찌할 수 없기에, 그리고 벚꽃 하나의 무게를 견디지 못해,

좋아했다가

아무것도 이해할 수 없기에, 너무나 잘 알기에, 첫눈에 반했기에, 있으면 안 되겠기에, 어떤 밤의 라면 하나 때문에, 나를 보는 시선 때문에, 마음이 넘쳐 어찌할 수 없기에, 그리고 벚꽃 하나의 무게를 견디지 못해,

헤어지는 것

분당 사는 여자

예전에 분당에 사는 여자를 사귄 적이 있었어요.
강남에서 놀다 데려다 줬는데, 정말 힘들었어요.
그래서 헤어졌어요.
너무 멀어서 멀어진 거죠.
그러고 어느 날 강남역에서 전철을 타고 방배까지
돌아오는데
너무나 멀었어요.
분당은 금방 갔었는데…

그녀의 이상형

생각이 넘 많은 남자는 별루다. 말이 넘 많은 남자도 별루다. 둘 다 많은 남자는 최악이다. 자고로 남자는 단순한 남자가 최고다. 해 뜨면 나가서 열심히 일하고, 해 지면 집에 들어와 자는 남자가 좋다, 묵묵히.
이상은, 외할머니의 이상형.

타이밍 2

어떤 낙엽은 가지를 너무 오래 붙들고 있거나 지레 놓아 버립니다. 어떤 꽃은 피어야 할 계절을 지나치거나 섣불리 피었다 지기도 합니다. 어쩌면 난데없이 불어 닥친 바람이나 뜻밖의 햇살 때문일 것이지만, 일이란 게 언제나 적절한 타이밍에 적절하게 일어나지 않습니다. 우린 배경음악이 없으니까요. 갑자기 죠스가 나타날 때나 어떤 눈먼 세렌디피티 하나가 꽃잎처럼 하늘에서 떨어질 때에도, 똑같은 바람이 불고 시간은 변함없는 속도로 흐르니까요. 언제나 넘치거나 부족하고요.

넘 일찍이거나 넘 늦습니다. 저는 아직 남았는데 사랑이 끝나 버리거나, 사랑은 남았는데 저만 끝나 버리는 경우도 있습니다. 어떤 경우든 잊지 말아야 할 점은 어떤 경우에도 뚜껑은 꼬옥 닫아야 한다는 것이겠지요.

아, 저는 립스틱입니다.

'당신'이라는 문장을 쓰는 법

햇살을 깨는 무지개송어의 등지느러미처럼.
재즈의 음표처럼.
토도독 토독.
명사는 정직하게.
형용사는 촉촉하게.
바다에 닿기 직전에 녹아 버리는 눈송이처럼.
우연한 동그라미를 그리는 수면의 잎사귀처럼.
보아도 보아도 더 볼 게 남아있는 연인의 얼굴처럼.
칫솔과 비누와 크리넥스 옆에 진열된 양배추의 시선처럼.
그렇게.

늦은
편지

당신을 보면 난 왠지 어쩔 줄 모르는 사람이 되어
버렸답니다. 일없이 서성이기도 하고.
모두가 알아도 당신만은 모를 일이라 생각했습니다.
하지만 이제는 마음이 편안해졌습니다.
마음을 안다는 것이 이렇게 좋은 일입니다.
다시는 어쩔 줄 모르는 사람이 되지 않길 바랍니다.
설령 우리가 너무나 편안해져서 한 마리가 되어 버린
두 마리의 짚신벌레가 되어 버린다 해도,
서로가 너무 비좁아 한 마리가 떠나야 하는
두 마리의 달팽이가 된다 해도 말입니다.
마음을 몰라 마음을 졸이며 서성인다는 것은
불행한 일입니다.

당신은 모를 일이겠지만.
그러니까 이렇게 나란히 걷고 함께 잠들 수 있다는 것은
얼마나 다행한 일인지요?
당신은 모를 일이겠지만.
오래전부터 한 번은 해야지 하던,
아주 오래된 말입니다.

사랑에 관한 단상들

1. 아무리 뻔한 사랑도 이번에는 다를 거라 생각한다.
   하지만 정말 뻔한 사랑은 그런 생각조차 하지 않는다.

2. 우리가 비록 완전히 이해하지 못한다 해도 같은 것을
   먹을 수 있다. 같은 햇살과 같은 눈비를 맞을 수도 있고
   같은 안개에 갇힐 수도 있다. 우리는 그렇게 닮아간다.
   그걸 이해라고 한다.

3. 하지만, 당신의 모든 것에 동의한다 해도
   당신을 동의하지 않는다면,
   그는 당신의 모든 것이 싫은 것이다.

4. 이별은 발라드가 좋다.
하지만, 진짜 이별이라면 댄스곡이 좋다.

5. 하나를 잃기 위해 모든 것을 잃어가는 것은,
모든 것을 얻기 위해 하나를 잃는 것보다 아름답다.

6. 취향은 주장보다 사랑스럽다.
달리는 강아지는 짖지 않는다.

7. 돌고래들이 동그라미를 그리면, 정어리들은 동그라미
밖으로 날아가기 시작한다. 그리고 차례로 돌고래의
입 속으로 사라진다. 사랑도 가끔 동그라미를 그린다.

8. 모두들 그곳에 대해서 말하지만 누구도 그곳으로
가는 길을 설명할 수는 없다. 유사하고 엉뚱한
어떤 것을 보여줄 수 있을 뿐이다. 사랑이란,
사랑이 아닌 것을 자세히 보는 것이다.

한 여자의 키스

대책 없이 키스부터 하는 여자에게는 없지만, 대책을 세워 키스까지만 하는 여자에게는 있는 것이 있다.
그것은 바로,

대책이다.

침묵이 편안한 사이

대화보다 침묵이 편안한 사이가 좋아.
말과 말 사이의 빈자리가 한없이 폭신폭신한
그런 사람이 좋아.
이때의 침묵은 단순한 소리의 부재 상태가 아니라
특별한 공간의 생성 같은 거지.
그게 편안한 사람이 진짜 잘 맞는, 내게 좋은 사람.
설렘과 호기심, 떨림과 울림, 뜨거움과 차가움,
바람과 파도, 사막과 선인장,
이런 것도 없고…
그냥 물 속같이 머엉,

장독대 햇살 아래 담배연기같이 뭉게뭉게,
강아지풀같이 보들보들,
그냥 그런 거야.
지극한 대화의 즐거움.
그중의 백미는 바로 이 침묵의 편안함,
아닐까.
기차 밖 풍경처럼 시간이 말없이 흘러갈 때.
두 시선이 물끄러미 한 곳을 응시할 때.
문득 시간을 마주칠 때.
그때.
바로 그때

두 번 본다는 것

당신을 읽고 싶어요,
당신은 말한다.
나를 읽어 보아요,
나는 선뜻 허락한다.
잠시 후 당신은 정복자처럼 말한다,
이제 다 읽었어요.
나는 패배자처럼 말한다,
이제 더는 없는데.
당신은 금세 흥미를 잃은 고양이가 되어
문 쪽을 바라본다.
나는 당신이 사라진 문을 닫고 돌아서며 말한다.
한 번 볼 가치가 있는 책은 두 번 볼 가치도 있어요.

스톡홀름 증후군

추억이 아름다운 이유는 자기애 때문인 거 같아.
아무리 엉망이었던 시절이었다 하더라도 그 사람의
잘못이든 내 잘못이든 어쨌든 하나였으니. 내 시절을
독점한 한 사람이었으니. 부정할 수가 없는 거야.
아니라면 자기가 가여워지잖아. 그래서 자꾸만 이리
쓸고 저리 쓸며 보풀을 찾는 지하철의 연인들처럼
아끼고 아끼는 걸 거야. 추억이 아름다운 이유는
그것은 '아름다워야 하는 것'이기 때문일 거야.

우산

문득 우리가 있는 방의 크기가 궁금했다. 내가 확인해
보겠다 하고 문을 나왔다. 여자는 울면서 말렸다.
작았다. 너무 작았다. 우산 만했다. 그래 솔직하자 하고
일어났는데 문이 잠겨 있었다. 잠궜는지 잠긴 건지
모른다. 예견하고 있었는지도 모른다. 이렇게 되리란
것을. 벨도 키도 없는 그런 문이었다. 한 번 나오면
다시는 들어갈 수 없는 그런.

시험

남자의 들판은 넓었다. 여자는 행복했지만 문득 그 끝이 궁금했다. 그래서 걸었다. 여기야? 남자는 말이 없었다. 그래서 여자는 개울을 건넜다. 여기야? 남자는 말이 없었다. 그래서 여자는 언덕을 넘었다. 해는 지고 뜨고 하였다. 여자는 계속 걸었다. 여기구나, 그치? 남자의 들판은 넓었다. 여자는 다리를 건넜다. 옥수수밭도 가로질렀다. 정말 넓구나. 남자의 들판은 넓었고 남자는 말이 없었다. 걷기만 하던 여자는 해변을 만났다. 여기구나. 눈을 감고 파도 소리를 듣던 여자는 파도에 깨어진 조개껍질 하나를 집었다. 젖은 모래 위에 뭔가를 쓰기 시작했다. 여자는 일어나 뒤를 돌아 보았다. 아무것도 없었다. 해변은 길고 바다는 넓었다. 여자는 조개껍질을 던져버렸다. 파도의 하얀 거품은 그녀가 남긴 글자를 덮었다. 좁고 긴 해변을 따라 걷던, 걷기만 하던 여자는 갑자기 멈췄다. 남자의 들판처럼 바다도 말이 없었다. 여자는 문득, 바다의 끝이 궁금해졌다.

강아지형
남자

아주 구체적인 칭찬을 하며 접근하는 사람이 있다.
그는 당신에게 했던 칭찬을 다른 사람에게도 한다.
그걸 당신이 목격한다. 당신은 실망하고 수치스러워한다.
칭찬의 가치는 떨어지고 의심이 시작된다. 자존심이 강한
당신은 상처를 입은 사람처럼 옷깃을 단속하며 다짐한다.

– 아, '아무한테나 꼬리치는 사람'이었어. 조심해야지.

하지만 그것은 섣부른 다짐일 수 있다. 그는 구체적으로 꼬리를 흔드는 것 말고는 아무것도 모르는 강아지일 수 있기 때문이다.

세 줄 요약

당연히 우리는 아주 멀리 있었죠.

우리는 한 걸음씩 다가갔다가 한 걸음씩 물러섰어요.

그러다 잊혀진 거지요.

나트륨을 사랑한 여인

너, 나트륨 타는 거 본 적 있어? 없겠지. 없을 거야. 나트륨이란 게 꼭 녹슨 치즈스틱 같거든. 석유가 든 유리병에 담겨 있는데, 그걸 꺼내서 작은 조각으로 썰어. 그리곤 물이 든 비이커 속에 떨어뜨려. 그럼, 치치치. 노란 불꽃이 치솟으며 타기 시작하는데, 이게 격렬해. 아주 작은 조각인데 말이야. 그 쪼그만 게 물 위를 뛰어다니며 제 몸을 태워 버리는 거야. 그 짧은 불꽃이 죽고 나면 아무것도 없어. 그야말로 흔적도 없이 사라져 버리는 거지. 난 누군가를 만날 때마다 그랬거든.

나트륨처럼 그렇게, 치,치,치, 격렬하게, 후회 없이, 다,
타버렸음 좋겠다고 생각을 했지. 그랬다구.
아, 좀 짧았나, 이야기가? 좀 더 길었으면 좋았을 걸.
봐, 늘 이런 식이야. 난 늘 이런 식이라구. 다 타지도 못한
어정쩡한 꽁초가 돼 버리고 말거든. 난 나트륨이 되고
싶었는데.

젖은 담배 꽁초를 바라보는 처연한 눈빛의 그녀는
새로운 남자를 만날 때마다 나트륨 얘기로 시작한다.
하여 별명이 나트륨다이너마이트였고, 어떤 비가 오는
날이면 진심 아무도 못 말릴 어마어마한 폭발을 하여
주변의 모든 것을 날려버린다는 사실을 나는 나중에
알게 되었는데, 나는 너무 나중에 알게 되었다.

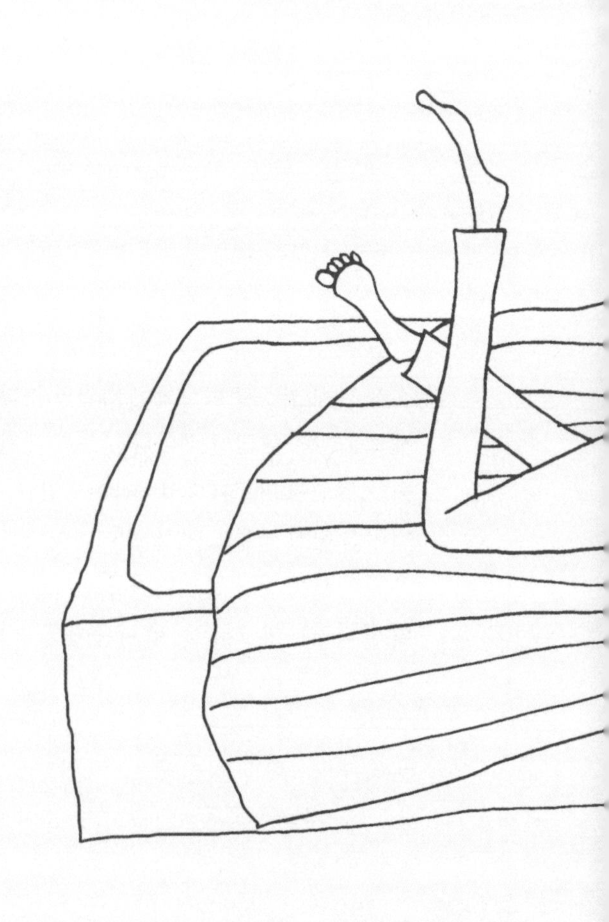

여자들
혹은
남자들

1

한 여친에게 한번 사용한 문장은, 다른 여친에게 절대 쓰지 않는 남자가 있었다. 여자를 만날수록 남자는 점점 과묵해져 갔고, 그를 좋아하는 여자들은 갈수록 늘어갔다.

2

아주 자그마해서 뭇 남자들의 첫사랑을 독차지했던 여자가 있었다. 여자는 점점 자그마해지다 결국 어디론가 사라져 버렸다. 자그마한 여자를 잊지 못하는 뭇 남자들은 지금도 쓸쓸한 밤이면 첫사랑을 찾아다닌다.

3

남자를 만날 때마다 열심히 옷깃에 묻은 보푸라기를 떼어주던 보푸라기 같던 여자가 있었다. 그리고 그녀의 마지막 보푸라기는 자기 자신이었다.

4

아이 시절 내내 어른인 척하던 한 여자가 있었다.
그녀는 어른이 되자 내내 아이인 척하는 데에만 열중했다.
여자는 그렇게 어이없이 늙어갔다.

5

한 남자는 자신의 하루를 녹음해서 들었다. 새소리.
호루라기 소리. 아이 소리. 사람들의 웃음소리.
지나가는 차 소리. 모든 소리가 있었다. 하지만,
아무리 귀를 기울여도 자신의 목소리는 들을 수 없었다.

6

시선을 숨기려 언제나 선글라스만 꼈던 여자가 있었다.
어느 날 사랑 앞에서 그녀는 선글라스를 벗었다. 하지만
남자는 여자가 어디를 보는지 도무지 알 수가 없었다.
여자의 눈은 심각한 사시였다. 남자도 이미 그러했다.

게

잊혀진 사람은 기억할 수 없다. 잊혀졌기 때문이다. 생각나는 사람도 잊을 수 없다. 생각이 나기 때문이다. 어떤 문은 닫아도 닫히지 않는다. 어떤 문은 열어도 열리지 않는다. 게처럼 딸그락거려도 어쩌지 못하는 것들이 있다.

순결한 남자

남자는 술을 마시고 키스한 적이 없다. 남자는 커피를 마시고 키스한 적이 없다. 남자는 사탕을 물고 키스를 한 적도 없다. 남자는 키스를 한 적이 없다.

연애
후기

만남, 내가 나랑 이별하는 시간.
이별, 내가 나랑 다시 만나는 시간.

노인
동거
커플

이런 말을 들었다.

불륜이든 뭐든. 그건, 사랑이 그리워서가 아니라
외로움이 싫어서인 거 같아요. 혼자는 싫거든요. 혼자
걷는 산책. 혼자 마시는 술. 혼자 보는 영화. 혼자 자는 잠.
혼자 먹는 밥. 사람들을 보세요. 언제 웃는지를 보세요.
언제 제일 큰소리로 웃는지를 보세요. 역시 누군가랑
같이 있을 때거든요.

이런 말도 들었다.

100세 시대에는 배우자가 자연사한 노인동거커플이 급증할 거 같아요. 거리 곳곳에서 92세 남자와 88세 여자 커플이 한 70년쯤 사귄 것처럼 나란히 걷겠죠. 나란히 와인을 마시고 나란히 영화를 보고 나란히 자고 나란히 먹겠죠. 때때로 남자는 92년 만에 최고로 우렁찬 목소리로 웃을지도 모르죠. 그러면 여자는 88년 만에 가장 유쾌하게 웃을지도 모르고요.

달 파도

소리를 들을 때마다 몸이 부서졌어요.
그래서 달에 가서 살기로 했어요.
여긴 조용하니까.
그 무엇도 부서지지 않을 테니까.
당신은 내게 달 같은 존재였어요.
하지만 여기서도 같은 소리가 들리고
내 몸이 부서지기 시작했어요.
내 말 이해해요?
뭐 이해가 안 된다 해도 그건 나로선
어쩔 수 없는 일이예요.
그저 이해해 주길 바래요.
이제 내 안에도 파도가 쳐요

노오력

사랑하지 않는 사람과 애쓰는 것보다 사랑하는 사람과 애쓰는 것이 더 낫다. 애써도 안 되는 일이 있으니까.

가장
중요한
것

얼마간의 시간이 지나면 연인들도 조금 더 중요한 걸 한다. 조금 더 중요한 약속을 하고, 조금 더 중요한 사람을 만나고, 조금 더 중요한 생각을 한다. 조금씩 더 중요한 것들을 모두 모으면 가장 중요한 것을 만들 수 있다고 믿는 사람들 같다. 하지만 가장 중요한 것들은 대개, 가장 중요한 것들이 아니다.

이제는

쓰기만 하자더니 이제는 지우기만 하자 한다.
아이인 척 살자더니 이제는 어른이 되자고 한다.
없이는 안 되겠다더니 이제는 함께면 안 되겠다 한다.
마주만 마주만 바라보자 하더니 이제는 뒷모습도
아름다워야 한다고 한다. 우리는 그들과 다르다 하더니
이제는 세상에 다른 건 없다고 한다. 이제는.

끝까지

끝까지 미워하지도 못하고 끝까지 사랑하지도 못하고
끝까지 잊지도 못하고 끝까지 기억하지도 못하는
당신은, 나와 같은 사람.

Milk

충고

바게트 같은 사람을 만나. 케익 같은 사람 말고. 질려.
그리고 우유 같은 사람을 만나. 아이스크림 같은 사람
말고. 커피 우유나 딸기 바나나 이런 컬러 말고.
흰 우유. 아침마다 배달되는 그냥 흰 우유 같은 사람.
그게 좋아.

연애 후기 2

좀 더 알고 싶은 마음에서 시작했다가 더 이상은 알고 싶지 않은 마음으로 끝나 버리는 것.

하지만 늘 그런 것은 아닌 것.

다가갔다 돌아서는 것.

하지만 같은 자리는 아닌 것.

멀어졌다 가까워지기도 하는 것.

하지만 같은 자리는 아닌 것.

벚꽃도 웃는다는 사실을 알게 하는 것.

하지만 어깨가 운다는 사실도 함께 알게 해주는 것.

아무렇지 않은 척하기에 익숙해지는 것.

하지만 언제나 들키고 마는 것.

끝나 버린 것은 끝나 버린 것이다…란 명제의
구체적인 예를 갖게 되는 것.
하지만, 끝날 때까진 끝나지 않은 것이다…란 명제도
마찬가지라는 것.
누군가에게 길들여지는 것.
하지만 길들여지는 것에도 길들여지는 것.
기차와 해변이 함께 기억하는 것.
하지만 기차는 해변이 될 순 없다는 것.
쓰여진 문장과 쓰여지지 않은 문장,
그 사이는 언제나 짧고 좁다는 것.
하지만 우리가 그 좁은 틈을 나란히 걸었다는 것.

3만년의 여인

겨우 3만년인데요 뭘, 3만년의 여인은 천장을 보며 킥킥 웃었다. 돌아오지 않는 사내를 여인은 3만년 동안 기다린다. 사내는 고래를 잡으러 떠났었다. 여인은 커다란 토기에 빗금을 치며 기다렸었다. 그들은 토기에 조개가 달그락거리며 익을 때 사랑을 했었다. 어느 날. 무릎을 접고 토기 안으로 들어갔던 여인은 이제 하얀 뼈로 남았다. 3만년 전에 고래를 잡으러 간 사내는 아직도 돌아오지 않았다. 선사시대관을 나오며 연인들은 생각한다. 3만년이 지나면 우리의 사랑은 무엇으로 남을까?

우리는 왜 같은 여자를 만나는가?

언젠가 걔랑 헤어지고 쟤를 만난 이유를 물었지.
내 기억엔 둘이 아주 똑같이 생겼거든. 그랬더니
이 녀석이 나보고 눈을 감아 보래. 오른손 끝으로 왼손
손등을 쓰다듬어 보래. 그리했지. 이번에는 왼손 끝으로
오른쪽 손등을 쓰다듬어 보래. 그리했지. 그게 똑같냐?
그래서 묘하게 다르다 했지. 바로 그거래. 그래서 그런
거라구. 난 아직도 잘 모르겠어. 정말 똑같이 생겼거든.

시간의 꽃

열심히 밥만 먹어도 열심히 커피만 마셔도 열심히 마주치기만 해도 시간을 함께 한 곳에는 애틋함이 자란다. 열심히 싸우면서도 틈, 틈, 우리는 씨앗을 뿌리고 있다. 키스가 있던 자리에도 씨앗을 뿌린다. 처음 이름을 알게 된 자리에도, 나무를 걷어찬 자리에도 뿌린다. 우정이 사랑이 된 자리에도, 사랑이 우정이 된 자리에도, 증오와 배신이 있는 자리에도 뿌린다.

사랑이 체념이 된 자리, 체념이 무관심으로, 무관심이
사라진 자리에도. 그렇게 모두가 사라진 후 씨앗은 싹을
틔운다. 애틋함이 꽃 핀다. 사진을 찍으며 우리는 말한다.
내 가장 빛나던 시간은 언제나 당신과 함께였어요.
무엇을 했든 어디든 뭐든 애틋함으로 남은 그대,
부디 행복하시기를.

시간의 풍경엔 언제나 같은 꽃이 만발하다.

가을

한때 모든 것을 당신이라 부른 적이 있다.
이제는 사물이 기억하는 만큼만 당신을 기억한다.
사라지는 것들로 당신이 보이는 계절, 가을이다.

조용한 커플

지하철. 남자는 말없이 마주 보기만 하는 한 커플을 보며 생각했다. 저 둘에겐 비 오는 날에도 빗소리도 안 들리겠다. 눈 오는 날에도, 햇살이 쏟아지는 날에도. 둘은 둘만 보고, 둘에겐 둘만 보이겠다. 다른 건 아무것도 들리지 않을 테니까. 주변 누구의 의견도 들리지 않을 테니까. 둘은 둘만 바라보고 있었다. 어쩌면 하나만 바라보고 있었다. 단 1초도 쉬지 않고 서로를 바라보고 있었다. 그들은 언제나 특별한 공간 속 같았다. 사랑마저 한 발 물러나서 둘을 바라보는 것 같았다. 문득 남자는, 수화를 배우고 싶다는 생각이 들었다, 그들처럼.

그것은 아마도
… 때문일 것이다

극도로 이기적인 사람들이 극도로 이타적인 글만
남긴다면, 그것은 아마도 이기적인 것보다 이타적인 것이
좀 더 나은 것이기 때문일 것이다.

한때는 울면서 부르던 노래를 이제는 웃으면서 부를 수
있다면, 그것은 아마도 최선을 다해 울었기 때문일 것이다.

위로 올라가는 담쟁이와 아래로 내려오는 담쟁이의
만남에도 방음벽이 필요하다면, 그것은 아마도 모든
사랑에는 방음벽이 필요하기 때문일 것이다.

"망가진 스푼이 때때로 훌륭한 포크가 되기도 한다"는 말이 맞다면, 그것은 아마도 망가진 스푼이 이미 훌륭한 스푼이었기 때문일 것이다.

다람쥐를 꼭 닮은 남자가 도토리를 꼭 닮은 여자를 사랑하지 않는다면, 그것은 아마도 사랑하기 때문일 것이다. 진심으로 사랑하고 있기 때문일 것이다.

최고의 계획

최고의 글은 접속사가 없는 문장들로 되어있다고 생각한다. 최고의 우주는 홀로인 별들의 춤으로 되어 있다고 생각한다. 최고의 풍경은 따로 선 두 그루의 나무가 있는 언덕일 거라고 생각한다. 그리고 최고의 대화는 여백으로 가득 찬 두 여행자의 걸음 같은 거라고 생각한다.

놀란다는 것

글을 먼저 만나면 목소리를 듣고 놀란다. 목소리를 먼저 만나면 글을 보고 놀란다. 얼굴을 보고 또 깜짝 놀란다. 사람이란 놀라는 존재니까. 그대의 다정함에 놀라 사랑을 하고 당신의 차가움에 놀라 이별을 한다. 우리는 언제나 우주의 계절을 알지 못하므로 언제나 봄을 말한다.

자전거 타기

자전거 타기에 대해서 이야기하는 것이 자전거 타기에 도움이 되지 않는다. 마찬가지로 이별에 대해서 이야기하는 것은 이별에 전혀 도움이 되지 않는다. 그냥 자전거를 타는 편이 낫다. 마찬가지로 그냥, 이별하는 것이 낫다.

알갱이

우주의 외딴 가장자리, 어느 먼 별이 쏜 빛 알갱이들은 일주일에 하나씩 도착한다고 합니다. 그것을 차곡차곡 모으면 반짝반짝 빛나는 별 하나가 완성된다고 합니다. 내가 당신에게 그런 사람이면 좋겠습니다.

다큐멘터리

모든 별빛은 과거다. 그 떨어진 거리만큼.
우리도 서로의 과거다. 그 멀어진 거리만큼.
각자의 무게로 서로를 당겨보지만.
별빛은 거두어 들일 수 없으므로.

그 해 가을

그녀는 자고 있었다. 그는 문득 그녀의 목소리를 듣고
싶었다. 사과야. 그는 불렀다. 왜애~? 그녀는 대답했다.
사과야. 그는 불렀다. 왜애~? 그녀는 대답했다.
우리 사과야. 그는 자꾸만 이름을 부르고 싶어 했다.
으응~. 왜애~? 그녀는 자꾸만 이름을 부르는 그의
목소리를 좋아했다. 그녀의 이름이 사과였다. 그들은
사과를 좋아했다. 언제나 가을이었다.

계절엽서

어때요, 내 말이 맞죠? 언젠가, 언젠가 우리의 우주가
잠시 부딪혔던 적이 있지만 우리는 또 각자의 바다를
항해하고 있답니다. 잘 지내시는 거죠? 당신은 어떤
모습일까요? 당신도 나처럼 가끔 아무 생각도 안 난다고
거짓말을 하곤 하는지. 당신도 늘 같은 자리에 떠 있지는
않겠지요. 부표처럼. 사실 내 기억의 부표는 같은 자리에
닻을 내리고 있었어요. 한동안은. 이제는 어느 바다 위를
자유로이 떠다닐 테지요. 꼭 그 자리가 아니더라도.

당신도 기억과 가끔 만나기도 할 테지요. 비록 나의 바다가 아니라 해도 말이죠. 저도 그래요. 하지만 이건 나쁘지 않은 일. 어쩌면 좋은 일. 내 기억 속 당신은 무럭무럭 싱싱하게 잘 자라고 있답니다. 꼭 그 모습이 아니라 해도. 가끔은 그게 좋겠죠? 늘 새로운 것만 생각한다는 것은 너무나 피로한 일이니까요. 안녕!

당신의 바다

우리가 서로에게 새벽 4시의 기차소리처럼 아득하다 할지라도 나는 당신의 우주에 묻은 보푸라기를 떼어드리고 싶었습니다. 우리가 서로에게 새벽 4시의 두통처럼 알 수 없는 무엇이었다 할지라도 나는 두통을 알게 되어 기뻤습니다. 그리고 우리가 서로에게 새벽 4시의 바다를 춤추며 내리는 눈송이라 할지라도 그럴지라도 나는 당신의 바다가 참 좋았습니다.

당신의 책장

어디를 펼쳐도 읽고 싶은 사람이 있다. 언제나 새로운 이야기. 볼 때마다 뭔가 달라져 있다. 언제나 새 책. 그리고 변치 않는 향기와 기품이 있다. 언제나 오래된 책. 책보다 책 같은 사람이 있다. 우리는 서로의 책을 읽는다. 그리고 연서를 쓰듯 책을 쓴다. 당신이 읽기에 좋은 책을 쓴다.

2장

–

농담 혹은 진담

낭만에 대하여

생활만 있는 삶은 싫다. 삶이 있는 생활이 좋다. 어디나 여백은 필요한 거니까. 가령, 일주일에 한 시간 정도는 일없이 바다를 본다거나. 혹은, 해변에서 말없이 모닥불을 바라본다거나.

딴 여자랑.

감자랑 대화하는 법

잘 씻은 감자를 10분간 보고 있으면 감자랑 대화할 수 있다. 감자는 원체 부끄러움이 많아서 엎드려 있거나 고개를 숙이고 있어서 말을 잘 안 하는데 식탁 위에 올려놓고 턱을 괴고 나란히 보고 있음 환해지는 순간이 있다. 그때 말을 걸면 된다. 감자는 절대 먼저 말을 걸지 않는다. 감자 대신에 홍당무나 고구마 피망이나 파, 특히 배추 같은 애들이랑 얘기할 수 있다면 좋다. 무료한 세상이 좀 더 즐거워진다. 친구가 많아진다. 이렇게 의자나 바닥 혹은 천장이나 벽지 그리고 냉장고나 책상이랑도 얘기할 수 있게 되면 좁은 세상이 넓어진다. 죽어 있던 것들이 살아 돌아다닌다. 정말 신나는 일. 한 번도 말해보지 않고 헤어진다는 건 어떻든 슬픈 일. 하지만 기회를 갖는다는 건 언제나 좋은 일. 일단 그냥 눈을 맞추고 잘 바라보기. 일단 감자부터 시작하기. 감자는 영감이 풍부하고 알수록 썩 괜찮은 친구니까.

지는 여자

지는 팀만 응원하는 여자가 있었다. 이기는 팀에는 끌리지 않는다고 했다. 지는 게 좋다고 했다. 보는 사람들마다 한번 져 보라고 권유하곤 했다. 그럼, 지는 게 이기는 것이라는 말의 의미를 알 수 있을 거라 했다. 그녀는 지는 여자였다. 이기려는 사람들 사이에 홀로 빛나는.

문제아

어릴 때는 틀린 것을 고쳐주고 싶어하는 어른들로 넘친다. 문제가 없으면 큰 문제인 양 어디 문제아라도 만들어야 안도하는 어른도 있다. 하지만 그들끼리는 그 어떤 문제도 고쳐주지 않는다. 그냥 피하고 비켜갈 뿐이다. 알아서 피하고 알아서 비킬 줄 알아야 마침내 진정한 어른이 된 것인 양 휴우, 안도한다. 그런 후 다시 걱정스런 표정으로 아이의 문제를 찾기 시작하는 것이다.

그럴 때에만,
그리고 오직 그럴 때에만

이런 말이 있다. "'눈이 하얗다'는 말은 눈이 하얄 때에만 그리고 오직 그때에만 참이다" . 타르스키의 진리조건인데 의미론에선 중요한 거다. 그에 따르면 '사랑한다' 는 진술도 사랑할 때에만 오직 그때에만 참이다. 그렇지 않은 모든 경우에선 거짓이란 거다.

이런 얘기가 있다. 젊은 타르스키는 어느 눈 오는 바르샤바에서 한 폴란드 여인과 이별한다. 슬픔에 빠진 타르스키는 '사랑한다'라는 말의 진리조건에 관해 연구에 매진한다. 결국 1935년 《형식언어에서의 진리개념》을 발표하며 학자로서 세계적인 명성을 얻게 된다. 그의 나이 32세 때였다. 그가 자신의 그 유명한 명제를 읽을 때마다 창이나 벽을 멍하니 바라보며 눈물을 훔치곤 하였다는 이야기는 당시 학계에서는 워낙 잘 알려진 얘기였다. 그가 어디에 있든 그의 젖은 시선이 향한 곳은 언제나 바르샤바 쪽이었다고 한다. 그는 아주 오래된 손수건만 썼는데 그것이 오래전 여인의 작별 선물이었다는 말도 있었다. 각국의 학자들 상당수는 단지 눈물을 흘리는 그를 보기 위해 모여들곤 했다는 말까지 있었다.

아, 밖에는 눈이 와 있다. 수줍은 이국의 여인처럼 와 있다. 어딘지 타르스키적이다. '사과'라는 말보다 사과가 좋듯, '눈'이라는 말보단 진짜 눈이 좋다.

'눈'이란 말에는 눈이 없으니까. 그리고 '눈이 하얗다'는
말은 눈이 하얄 때에만 그리고 오직 그때에만 참이다.

*아 혹시 싶어 드리는 말씀인데, 중간에 나오는 타르스키의
사랑 이야기는 순도 100% 픽션입니다.

어떤 천국

평생을 한결같이 두 여자를 사랑한 의사가 참회하였다. 신은 사랑에는 양도 중요한 법이라며 껄껄 웃었다. 두 배의 사랑을 하였으니 응당 천국행이 마땅하다 하였다.

이번에는 평생을 오롯이 한 여자만 사랑하며 충실했던 교사가 등장했다. 자신도 두 여자를 사랑하였으나 한 여자와의 사랑을 위하여 더 사랑한 여자를 버릴 수밖에 없었다 하였다. 신은 사랑에는 밀도와 집중력도 중요하다며 크게 고개를 끄덕였다. 그 역시 두 배의 사랑을 하였으니 천국이 어울리노라 하였다.

이를 지켜보던 세 번째 남자가 등장했다. 평생에 아무런 직업이 없었던 그는, 자신은 버려지고 잊혀지고 늙어 더 이상 아무도 여자로도 보아주지 않는 가여운 여자들만을 골라 우선적으로 사랑했다며 스스로의 감정에 북받쳐 그만 울먹이고 말았다.

갑자기 벌떡 일어난 신은, 한참 동안 그를 바라보았다.
다시 자리에 앉으며 흡족한 미소를 지으며 말했다.
자네도 얼른 가보게나.

그곳에서, 검은 옷을 입고 다시 태어난 그들은 모두
솜씨 좋은 여자들에게 순서대로 몸이 잘려 사라져
버렸다. 그곳에서 하루 종일 서서 일하느라 다리가
저린 여자들은 창 밖을 보다 이따금씩 앉았다 서기를
반복한다 한다.

김밥들을 위한 천국은 없다.

이상은 김밥천국 공상.

개의 말

사람에게 말했다. 넌 누구의 개니?
사람은 대답했다. 왕~. 왕~.
이번에는 개에게 물었다. 넌 누구의 개니?
개는 대답했다. 왕~. 왕~.

충고유발자

조금만 나약해 보이면 기다렸다는 듯이 충고를
퍼부어대는 사람들 때문에 아무에게나 나약함을
들키지 말아야 한다고 그녀는 내게 말했다.
나는 그녀에게 어떤 나약함을 들킨 것일까?

반내림

30대 남자는 말한다. 우리 2, 30대는…

40대 남자는 말한다. 우리 3, 40대는…

50대 남자는 말한다. 우리 4, 50대는…

60대부터는 이렇게 큰소리로 말한다.

아니, 어린 것들이 말이야!

뼈

아이들은 자기가 말랑말랑하고 촉촉해서 어디라도 쉽게 스미고 누구랑도 쉽게 하나가 된다. 부러진 뼈도 척 척 붙는다. 어른들은 자기가 딱딱하고 말라서 어디라도 쉽게 동떨어지고 누구랑도 쉽게 떨어진다. 멀쩡한 관계도 뚝 뚝 부러진다.

그래서 연인들은 경쟁적으로 아이들 흉내를 내는 것 같지 않습니까?

신은 어디에 있나요?

엄마, 신은 어디에 있나요, 아이는 물었다.
응, 우주 모든 곳에 있지, 엄마는 대답했다. 그럼 방금 내가 부엌에 들어올 땐 신의 어느 부위를 밀어낸 거죠, 아이는 물었다. 저희에게 천재를 주셔서 감사합니다, 그날 저녁 아이의 부모는 감사 기도를 올렸다. 어디에나 있는 신은 어디에 있든 곁에서 들었을 것이다. 일곱 살 아이는 유명한 언어철학자가 되었다.

오늘 피어난 저 꽃이 밀어낸 우주는 어디 갔어요,
같은 상황의 아이가 부엌의 엄마에게 물었다. 엄마는
아이를 바라보며 말이 없었다. 재앙이라도 닥친 듯
아이의 부모는 밤늦게까지 잠을 이루지 못했다. 다음날
아이는 수학학원을 다니기 시작했다. 열심히 공부하여
일곱 살 아이는 빵 가게 주인이 되었다. 그래도 시인이
되지 않은 게 얼마나 다행이야, 소년의 부모는 오래전
일을 생각하면 여전히 몸을 떨며 고개를 젓는다.

깃털

깃털 하나 잃은 새의 울음에도
숲을 잃은 나무가 되어 버리게 하던 사람.
숲의 새들이 모두 노래해도 내게 들지 않던 사람.
깃털 하나를 찾으러 날아가 버린 사람.
그 무엇을 해도 생각이 나던 사람.
그 무엇을 하지 않아도 생각이 나던 사람.

내 전부가 당신의 깃털보다 가벼웠던 시절

병원 가는 길

아니. 공공장소에서 뽀뽀하고 그러면 불법 아닙니까?
사람이 사람을 물고 빨고 그러면 안 되는 거 아닙니까?
뭐 하는 짓입니까? 개앵장히 불쾌합니다. 게다가
사랑이 뭡니까? 서로 아껴주는 거 아닙니까? 이러니
OECD 국가임에도 메르스가 창궐하고 그러는 거
아닙니까? 올치 못합니다. 거얼코 올치 않아요.
부탁합니다. 퍼블릭 플레이쓰에서는 자중자애합시다.
그리고… 이 말까지는 안 할려고 했는데… 있으신
분들! 거어, 본인만 있으면 답니까? 왜들 그리 배려심이
없습니까? 공동체의식은 밥 말아 드셨습니까? 그거 다아
이 땅의 을르운alone한 남녀들의 희생이 있어서 그럴 수
있는 거 아닙니까? 네에? 아, 아닙니까? 아아, 그렇담 제가
실례했습니다. 하던 거 계속하시도록.

꿈에 관한 사례 연구

불평을 좋아하던 소년은 김구라가 되었다. 거짓말을 좋아하던 소년은 탈옥수가 되었다. 술을 좋아하던 소년은 냉장고가 되었다. 다한증의 소년은 에어컨이 되었다. 꽃을 좋아하던 소년은 배추벌레가 되었다. 공룡을 좋아하던 소년은 핸드백 장인이 되었다. 웃기만 하던 소년은 금붕어가 되었다. 피곤하기만 하던 소년은 개복치가 되었다. 춤을 좋아하던 소년은 3루 주루코치가 되었다. 비먼지 냄새를 좋아하던 소년은 마스크가 되었다.

자아, 이제 자넨 꿈은 뭔가?

상담자

상담 시간. 한 질문자가 물었다. 우리 여자들끼리는 대화가 부드럽게 잘 되잖아요. 근데 남자들끼리는 대화가 참 어색하고 불편해 보여요. 남자들은 왜 그런 걸까요? 상담자는 대답했다. 근데… 왜… 대화란 걸 꼭 해야 하는 거죠?

남자 상담자였다.

감자칩

한 남자가 투신을 하였다. 그는 무엇을 위해 죽을 것인가를 진지하게 고민하던 50대였다 한다. 그는 사업을 실패하고 가족과 친구에게 버림받았던 40대였었다 한다. 그는 자신이 쏟았던 모든 열정에 합당하게 보답 받지 못했던 30대였다 한다. 그 전에는 무엇을 위해 살 것인가를 진지하게 고민을 하던 20대였다 한다. 그는 감자칩을 먹으며 하늘을 바라보는 것을 좋아하던 10대 소년이었었다 한다. 그는 착하고 온순한 아이였었다고 한다. 그는 2.1kg의 미숙아로 태어났었다 한다. 그는 언제나 말없이 종이로 뭔가를 접고 있었다 한다. 일생 동안 그가 접어 날린 것 중에 제대로 추락한 것은 단지 자신의 몸뚱이뿐이었다 한다.

띄어쓰기의 중요성

불행한 사람들은 하 루 하 루 하 루 살아간다.
행복한 사람들은 하루 하루 하루 살아간다.

문과
남자들의
일자리

여자들의 전성시대다. 이쁜 남자들의 전성시대다. 이과
남자들의 전성시대다. 자아. 문과 남자들은 어떻게 할
것인가? 무해하고 선량하지만, 아무 쓸 데도 없는 시나
사랑하고 마음만 여리여리한 이들. 이쁘지는 않지만
다정하고 성실한 이 문과 남자들은 무엇을 할 수 있을까?

낮에. 종로에서. 그런 얘길 나누었다. 나의 해결책은
이런 거였다. 전업주부가 되는 것. 자아. 능력 있는
여자를 만나서 결혼을 한다. 아기를 낳지 못한 만큼
육아에 힘을 쏟는다. 와이프를 기다리며 알뜰하게
살림을 한다. 지친 와이프가 귀가하면 미소로 맞이한다.
웬만한 짜증은 받아주고 감내한다. 이렇게. 저녁이 있는

삶을 완성한다. 이렇게. 미래의 문과 남자들은 과거의
어느 시대를 추억하며 보람으로 살아간다.

뭐 이런 건데 누군가는 바보같은 소리라고 할지
모르겠다. 하지만 뭐 견해란 게 다 같을 필요는
없는 거 아닌가.

그럴듯한 이야기

빌 게이츠는 피카소를 좋아하고, 스티브 잡스는 마크 로스코에 심취했단다. 빌 게이츠는 입체적인 걸 좋아하고 잡스는 단순함을 지향해서라 하는데 아마도 서로 통한다 생각했나 보다. 그렇다면, 피카소랑 로스코는 두 사람 중 누구를 더 좋아했을까? 만약 빌이랑 스티브가 만나달라고 조른다면? 피카소는 이렇게 말할 것이다.

– 미안하오만, 난 여자를 더 좋아하오. 영감을 주기 때문이오. 하지만 당신이 남자라면, 비둘기랑 같이 오시오. 아시다시피, 남자는 영감을 주지 않기 때문이오.

그리고 로스코는 이렇게.

– 좋소. 허나, 조건이 하나 있소. 날 만나는 동안
아이퐁은 잠시 꺼 주시오. 말없이 눈물을 흘려준다면,
더없이 기쁘겠소.

그럼. 햇살 가득한 어느 봄날. 비둘기를 든 빌 게이츠와
아이퐁을 꺼버린 잡스는 두 화가를 만나서 서로를
바라보며 말없이 빙긋 웃을 것이다. 뭐 그럴 거 같단
애기다. 당연히, 근거는 없다.

자기 소개 – 오렌지

오랜만입니다. 오렌집니다. 바로 용건부터 말씀드리겠습니다. 일단 저를 10초간만 보아주세요. 뭐 바쁘시면 5초도 괜찮습니다. 어떻습니까? 딱 봐도 감자보단 제가 낫지 않습니까? 뭐, 보시다시피 당연한 일인데… 감자는 고민인 거 같습니다. 요즘 들어 말도 부쩍 줄었고요. 혹시 만나시거든 꼭 좀 전해주세요. 좀 못생겨도 문제 될 건 없다고 말입니다.
꼭 좀 부탁드립니다. 이상입니다.

당신의 색깔

빨강 토마토는 빨강만 반사함으로 빨강 토마토가 된다.
무엇을 거부하느냐가 토마토의 색깔이다. 빨강 토마토는
빨강 이외의 모든 색에 관대하다. 받아들이고 수용한다.
당신이 한사코 거부하는 것의 색깔이 당신의 색깔이다.
빨강 토마토는 빨강을 거부함으로써 빨강 토마토가 된다.
당신은, 당신이 거부하는 것이다.

레시피

남자는 말했다. 당근 넣고 양파 넣고 감자도 넣고 고추도 넣고… 이러면… 당근도 살고 양파도 살고 감자도 고추도 모두 살 것 같지만… 현실은… 당근도 죽고 양파도 죽고 감자도 고추도 다 죽어. 정체불명의 혼탁한 잡탕국이 되어 다 죽는 거지. 중요한 건… 빼는 거지, 더하는 게 아냐. 맑다는 건 그런 거라구. 알겠지, 내 말 무슨 말인지?

여자는 말했다. 그럼… 우리… 그냥 … 라면이나 끓여 먹어요… 해맑게…

자기소개
– 사이시옷

사이시옷입니다. 각자 울리던 비와 방울을 묶어서 하나의 빗방울을 만들어 주는 일을 합니다. 만약 제가 있어야 할 자리에 빠진다거나 혹은 엉뚱한 자리에 끼어 있거나 한다면 서로에 실망한 커플들이 헤어지기도 합니다. 빗방울은 빗방울이 되기 전의 비와 방울로 돌아가게 됩니다. 그러면 비는 비대로 방울은 방울대로 각자의 소리로 울린답니다. 그럼 저는 공터의 아이처럼 홀로 남겨지게 됩니다. 저는 어느 둘 사이에만 존재하고 어느 둘 사이에서만 의미 있는 사이시옷이니까요.

내면의 목소리

선사는 말했다.

– 자신의 마음을 안다는 것은 무척 어려운 일입니다.
하지만 누구나 진실된 목소리 하나씩은 품고 있습니다.
그것은 아주 나지막해서 집중하지 않으면 들리지
않습니다. 가만히 자신의 마음을 들여다보세요.
그리고 내면의 목소리에 귀를 기울여 보세요.

수많은 사람들은 선사의 입만 바라보고 있었다. 온
신경을 모아 그의 한 마디 한 마디에 집중하고 있었다.
뭔가를 받아 적기도 하였다. 하지만 정작 선사 자신은 그
'내면의 목소리'란 것을 들어본 적이 없었다. 왜냐하면
그는 언제나 뭔가를 말하고 있었으니까.

저녁 8시의 커플

이 얘기는 일요일 3시만 되면 불 꺼진 상가의 복도를 울리던 커플의 어마어마한 소리를 듣다 기억난 이야기. 몇 해 전 나는 미국의 어느 이태리 이민자들의 마을에 살았다. 그 고장의 낮은 아름다웠으나 밤은 적막했다. 게다가 벽 하나 너머의 남자는 밤 8시마다 지구 멸망이 오기라도 한 듯 비명을 질렀으며 오래된 목조 건물의 2층은 지진처럼 흔들렸다. 언젠가 복도 쪽 열린 문으로 보았는데 집 안에는 거실 가운데 하얀 매트리스와 의자 둘밖에 없었다. 여자가 언제 왔는지는 모르나 그들은 언제나 8시면 사랑을 했다. 어마어마한 소리를 듣고 나는 자다가도 깨어 무슨 큰일인가 귀를 기울이곤 했었다. 그만큼 어마어마했다. 책상이 흔들리고 쿵쿵 벽을 두드려댔다. 그만큼 어마어마했다. 8시에만 집행되는 종교의식 같았다. 그만큼 절박했다. 그렇게 죽을 듯이 절규하다 갑자기 죽은 듯 잠잠해지곤 했다. 나는 그 침묵이 싫어서 주로 의식의 중간에 계단을 내려와서 담배를 피웠다. 바깥은 더했다. 가로등은 푸른 빛이었고 바람은 늑대소리를 내며 뛰어 다녔다. 그러니까 푸른 늑대소리를 내며 바람이 불었다. 거리는 적막하여 차도 사람도 하나 없었다. 나 하나쯤 사라진다 해도 그 누구에게도 이야깃거리도 되지 않을 마을. 하지만 낮은 달랐다. 낮은 아름다웠다. 아이스크림 가게 주인은 자신의 와이프가 7명이었다며 팔뚝의 문신을 드러내 보였고 그 아들은 어느 이태리 해변인 듯 샌드위치를 구웠으며 화가와 소설가들과 그 무엇으로부터도 모두 은퇴한 노부부들과 요트를 매단 차들이 여름이면 모여들었다. 여유롭고 향기로웠다. 놀이터의 아이들은 언제나 웃고 있었으며 엄마는 벤치에서 그들을 지켜보았다. 노을은 언제나 아름다웠고 우체국의 직원은 친절했으며 하얀 빨랫감을 안은 여자들은 모두 하이 하고 활짝 웃으며 인사했다. 단 한 번. 어떤 날. 아이를 어르던 어떤 흑인 여자가 1층 입구에서 좀 들여보내 달라고 부탁했다. 누구시냐고 했더니 8시 남자의 와이프와 그의 딸이라 했다. 키key가 없다고 하였다. 남편이 만나주지 않아 기다린다 하였다. 그날 8시에는 아무 소리도 들리지 않았다. 그 다음 날 8시에도 그 다음 날에도. 그들은 사라져버렸다. 그날 밤 늑대소리도 없고 여전히 거리는 적막했으며 다만 푸른 가로등 불빛만 변함이 없었다. 며칠 후 나는 서둘러 짐을 싸서 이사를 갔다. 누군가 그곳은 이태리 마피아들의 마을이라 하기도 했다.
주민의 8할이 마피아라 하였다. 누구는 그곳에서 살아
돌아온 것이 신기한 듯 한참을 껌벅이며 내 얼굴을
찬찬히 바라보기도 하였다. 나는 8시의 남녀에 대한
이야기는 누구에게도 하지 않았으며 그곳의 낮은
평화로우며 노을은 정말 아름답다고 그리고 밤은
거리가 물빛처럼 푸른빛이라고 말해 주곤 하였다.
그들은 어떻게 되었을까? 일요일 3시의 복도를 울리는
소리가 들릴 때 나는 어마어마하게 처절했던 8시 커플을
생각하게 되기도 한다.

잘
들으면
들리는 말들

변한다면 그건 너겠지 난 변하지 않아, 사랑은 말했다. 죄를 짓는다면 그건 너겠지 난 언제나 결백해, 죄가 말했다. 윙크를 하든 인상을 쓰든 눈부심이든 그건 네가 결정하는 거겠지 난 원래 이런 표정이었다구, 찡그림이 말했다. 나를 부른 건 너희 두 사람이지 나는 단지 귀를 기울이고 있었을 뿐이라구, 이별이 말했다. 어떤 말로 채우느냐는 너희들의 소관이지 난 너희들 훨씬 이전부터 있었다구, 침묵이 말했다. 나는 그저 내가 가진 것을 보여주었을 뿐 그것을 골라서 이런 그림을 그린 건 너희 둘이라구, 세계는 말했다. 중요한 건 타이밍이 아니야 타임이지, 겉모습에 현혹되지 말라구, 나는 단 한순간도 변한 적이 없다구, 시간은 말했다.

자기 소개
– 코뿔소

코뿔소입니다. 코에 뿔이 난 소, 아시죠? 사실 저는 아프리카란 곳을 알지 못한답니다. 동물원에서 태어났거든요. 나무 둥치에 묶어 놓은 플라스틱 페트병에 코의 뿔을 벼리고 있답니다. 여긴 좀 무료한 곳이거든요. 저는 코도 뿔도 있고 소도 맞지만 왠지 코뿔소가 아닌 것 같을 때가 있습니다. 그래서 틈만 나면 뿔을 갈게 됩니다. 사실 뭐 다른 할 일도 없고, 뭔가를 한다는 건 좋은 일일 테니까요. 이상입니다. 감사합니다.

새벽
네 시

새벽 네 시는 마법의 시간이다. 뭘 해도 잘 된다, 까지는 아니지만 오롯하게 호젓한 시간을 맛볼 수 있다. 머리 한쪽에서는 어둠이 걷히며 맑은 기운이 밀려오고, 다른 한쪽에서는 아직도 이불 속인 머엉한 정신이 뒤섞이는 행복한 가수면 상태가 된다. 민물과 바다가 만나 몸을 섞는다는 하구의 기수역汽水域 같아진다. 그곳엔 물들의 농도 차가 만드는 아지랑이들이 있고 전어 황어 복섬이 산란을 한다. 알에서 깨어 이 별에서 가장 깊은 물속이라는 마리아나 해구로부터 해류를 타고 온 어린 민물장어가 꼬물꼬물 첫 식사를 하는 곳이기도 하다. 실뱀장어라 불리는 이 어린 녀석들은 자신의 자리를 알고 자신의 자리를 향해 거슬러 올라간다. 그러다 알에서 깨어나 꼬물꼬물 내려오는 또래의 연어를 마주치기라도

하면 서로가 신기해서 서로를 잠시 마주 보기도 한다. 이렇게 인사한다. 넌 어디서 오는 길이니? 나? 난 너가 가는 곳에서 왔지. 그럼 넌 어디로 가는데? 나? 난 너가 온 곳으로 가지. 응. 좋은 여행 되길. 응. 너도. 뭐 이런 간단한 대화를 나누고 다시 각자의 길을 간다. 각자의 헤엄을 치며. 꼬물꼬물. 서로 다른 두 세계가 뒤섞이는 기수역 같은 시간. 두 세계가 접하고 포개지고 교차하는 시간. 새벽 네 시. 어제의 식은 커피 한 잔과 오늘의 뜨거운 커피 한 잔을 교대로 마시는 시간. 거슬러 오르는 실뱀장어나 편안하게 내려오는 어린 연어가 될 수 있는 시간. 새벽 네 시. 꼬물꼬물. 어쨌든 꼬물꼬물. 어쨌든 새벽 네 시.

봄

어젯밤 골목을 걷는데 쓰레기 봉투 두 개가 서로를 기대어 서 있었다. 사람 인(人) 자를 닮았다. 기꺼이 서로의 획이 되어주는 연인을 닮았다. 분리수거용 쓰레기 봉투도 사랑을 한다는 계절, 봄이다.

이력서

자르고 오려서 고르고 고른다 하여도 오롯한 한 인생을 눌러 담을 칸은 있지 않다. 살아 보지 않고는 알 수 없는 인생 하나쯤은 누구에게나 있다.

세공사

부서지고 녹슬고 깨진 말의 조각들을 전시하는 박물관에서 세공사로 일할 때. 나는 현대 일상어 파트를 담당하고 있었다. 아침 9시부터 오후 6시까지 말해지지 않은 말들을 복원하는 작업을 수행했는데, 그것은 유적지에서 흔히 발견되는 깨진 도자기를 복원하는 일이랑 비슷했다. 언젠가 복원된 말들의 통계를 내본 적이 있었다. 어느 시대나 비슷한데 가장 흔한 문장은 사랑한다…나 미안하다…가 아니었다. 물론 자고 싶다…도 아니었다. 압도적인 우위를 보인 말은 '보고 싶다'…였다. 말해지지 않은 말들은 주로 화자가 삼켰거나 어금니로 억지로 깨문 경우가 많아서 그 파손 정도가

심했다. 특히 소금기가 많이 섞여 부식이 되어 있기
일쑤였다. 깨진 이와 함께 발견되는 경우도 드물지
않았다. 그것은 배가 들어오는 선착장이나 해변, 혹은
구름이 잘 보이는 높은 언덕에서도 자주 발견되었지만
엄청난 양은 집 안에서 발굴되는 경우가 대부분이었다.
간혹 구겨진 편지나 대학노트에 적혀진 낙서의 형태로
발견되는 경우에는 얼룩이 져서 해독 자체가 불가능한
때가 많았다. 하지만 압도적인 말들은 거실의 전화기
옆이나 화장대 앞, 그리고 침실과 부엌에서 발견되었다.
가족 사진 앞은 어느 집이나 예외 없이 무더기로
쌓여있었다. 아이들이 머무는 기숙사 자리에서도 없진

않았지만 그 양은 집에서 발견되는 말들에 비하면
극히 미미하다 할 수 있었다. 이 말해지지 않은 말들의
특이한 점 하나는 상당량이 무덤자리에서 집중적으로
발견된다는 사실이다. 안타깝게도 그 말들은 무덤
주위로 겨울철의 솔방울처럼 흩어져서 발견되었다.
그것은 어디나 다르지 않았다. 하지만 언제나처럼 무덤
안은 그 말들로 가득 차 있어 마치 살아있는 누군가가
지금도 계속 말을 하고 있다고 착각할 정도였다.
그것도 어디나 다르지 않았다. 어제는 어느 오래된
교도소 자리에서 수거된 말들의 복원 작업을 완료했는데,
창살로 된 문을 열자마자 쏟아져 나온 말들은 죄다,

세 음절의 한 단어로 된, 아래의 짧은 단어였다.

어머니.

입장
차이

언젠가 비트겐슈타인은 마지막 책장을 덮으며 말했다.
말할 수 없는 것에 관해선 침묵해야 합니다. 저는
이제부터 침묵 속으로 짱박힙니다. 여러분, 안녕.

이 말이 끝나기도 전에 낮술을 좋아하는 다혈질의
시인은 말했다. 어어, 이봐요. 철학자 양반. 당신,
틀렸어. 옳지 않아. 이렇게 말했어야 한단 말이요.
우리는 말할 수 없는 것부터 말해야 한다. 외쳐야 한다.
아, 안 그렇소?

한 발 떨어져서 팔짱만 끼고 있던 우리의 홍상수 감독은 씨익 미소를 머금고 말했다. 아니지, 그건 아니지. 말은 아무것도 아닌 거지. 그러니까 우리는 아무 말이나 지껄여도 무방하단 거지. 내 주인공들처럼. 아무 말이나 맘껏 하라고. 바뀔 건 없으니까.

한편, 저쪽에선. 연인에게 이별 통보를 받은 언어철학 전공녀가 울면서 휴대폰에 대고 소리치고 있었다. 안 돼. 그건 절대 안 돼. 어떻게 그럴 수 있어? 아니, 어떻게 그 여자한테도 똑같은 말을 할 수 있어? 그 말은, 그러니까 그때, 그 말은, 우리 꺼잖아? 이름처럼 우리 꺼잖아?

서울숲에서 눈을 감고 풀 냄새만 음미하던 하얀 쿤데라
아저씨도 입을 열었다. 이봐요. 쉽지 않은 시간을 통과
중이신가 보군, 서정적 시기라고 하는. 자아, 이리 와요.
말이란 건, 기껏 풀과 풀 사이를 이리저리 뛰어다니는
여치들 같은 거요. 풀보다 다양할 수는 없다오. 말도
사람보다 많을 수는 없는 거라오. 이 사람 저 사람 사이를
같은 말이 폴짝거리는 광경을 한번 상상해 보시오.
같은 말이라오. 아무리 사랑한다 해도 말이오.

그리고 아무도 말이 없었다.

우정의 시제

우정에도 시제가 있다면 전 언제나 현재입니다. 현재 사랑하지 않는다면 연인이 아니듯, 현재의 생각과 느낌이 통하지 않는다면 친구가 아닙니다. 물론 유년의 어느 시절을 같은 공간에서 보냈다는 것은 의미 있는 일이긴 합니다. 하지만 그것뿐이라면 그것뿐일 뿐입니다. 오버하지 맙시다. 친구는 추억을 상기시켜 줄 활성 장치도 아니고, 미래를 위한 보험도 아닙니다. 지금 나란할 수 없다면 사랑이 아니듯, 지금 다른 곳만 바라본다면 더 이상 친구가 아닙니다. 슬픈 일이지만. 거기까지인 것입니다. 가식하지도, 낭비하지도,

스트레스 받지도 맙시다.
차라리 동네 편의점 알바생과 반갑게 인사합시다.
딱 지금 사랑하는 만큼만 사랑합시다. 정직합시다, 우리.
이상은 전국알바사랑연합회에서 올립니다.

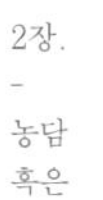

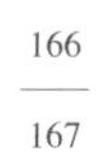

아마도

바늘로 찔러도 피 한 방울 안 나오는 사람…이란 표현을
최초로 사용한 이들은 아마도 만성빈혈에 시달리는
모기들이었을 것이다. 마늘만 먹으면 곰도 사람이
된다거나 드라큐라는 마늘을 무서워한다…는 소문을
최초로 유포한 자들은 아마도 동북아시아와 동유럽의
마늘 도매상이었을 것이다. 둘이 먹다가 하나가 죽어도
모른다…는 찬사를 받는 맛집을 매주 금요일마다
회심의 미소로 찾는 단골들은 아마도 사이가 극도로
나쁜 부부들이었을 것이다. 그리고. 니 팔 니가 흔들고
내 팔 내가 흔들고 살자는 주장을 극도로 싫어한
이들은 아마도 오십견 환자들이었을 것이다. 마 됐고,

남의 가르마 신경 쓰지 마시고 본인 가르마나 열심히 타이소, 란 권유에 이유 없이 화를 내던 사람들은 아마도 주변머리만 남은 아저씨들이었을 것이다.

초식동물 멸망법

난 괜찮아. 너도 괜찮지? 그래, 그럼 됐어.
우린 괜찮은 거야. 그들의 일이야.

매미와 귀뚜라미의 시간

계절과 계절 사이. 매미와 귀뚜라미가 운다. 난생처음 마주친 둘은 울음을 멈추고 서로를 쳐다본다. 그리고 묻는다. 누구냐, 넌? 난생처음 만난 둘은 생각에 잠긴다. 누구지, 난? 자신의 울음에만 빠져 있던 벌레들이 울음을 멈추고 자신을 가만히 들여다보는 내면적 성찰의 시간을 가리켜 우리는, '매미와 귀뚜라미의 시간'이라 부른다.

귀뚜라미 소리 번역하기

너무 가까운 사람은 밀어낸다. 너무 먼 사람은 당겨온다. 서로는 서로의 지구와 수성, 지구와 금성, 지구와 화성, 목성, 토성…이 되어 서로의 궤도에 수렴하고 그 궤도를 돈다. 팽이처럼 충실하게. 자전과 공전을 한다. 이 넓은 우주에서. 자신만을 바라보는 달 하나를 사랑이라 부르며 자신의 바다를 파도친다. 자신의 강물을 따라 흐르다, 말 없는 호수로 생각에 잠기기도 한다.

너무 커서 너무 작아져 버린 이 우주에서. 종이배가 떠가고 종이비행기가 난다. 아이들은 어디나 두 팔을 돌리며 달려가고, 연인들은 시간의 해변을 걷는다. 낮이면 테이블만큼 떨어져서 식사를 하고, 밤이면

키스(이것은 환유!!!)를 한다. 두 살결이 닿았을 때
사실은 떨어져 있는 거라던데. 더 정확히는, 서로를
밀어내고 있는 거라 하던데. 그래야만 우리는 우리가
아닌 것을 느낄 수 있는 거라고.

너무 가까우면 밀어내고, 너무 멀면 당겨오고, 수렴하고,
발산하고, 이기적으로 이타적이거나, 이타적으로
이기적이거나, 그렇게, 그렇게, 우리는 여행 중.
첫 귀뚜라미가 백지 위에 첫 낙서 같은 울음을 운다.
지극히 개별적인 우주…의 필체다.

그런 마음이 드는 날

팔짱을 끼고 싶은데 팔이 없어서 비단뱀은 속상하다.
넥타이를 하고픈데 목이 없어서 돼지는 우울하다.
모자를 쓰고픈데 머리가 너무 작아서 황새는 짜증 난다.
피아노를 치고픈데 손가락이 펼쳐지지 않는 소는
답답하다. 캐치볼을 하고픈데 공을 쥘 수 없는 얼룩말은
발을 깨문다. 귀걸이를 하고픈데 귀가 너무 커서
코끼리는 울고 싶다. 그런 마음이 드는 날이 있다.

충고병에 관한 충고

남자는 말했다. 충고… 그거 하지 마. 주지도 받지도 마. 패가망신해. 인생에 녹이 슨다고. 친구끼리 하는 돈거래보다 더 나빠. 사람이란 충고로 바뀌는 생명체가 아냐. 경험으로 바뀌지, 그것도 어쩌다. 다들 자기 고집대로 간다고. 다 그래. 지푸라기보다 못한 충고 따위로 바뀔 리가 없는 거지. 이런 사업을 할까 합니다. 충고 한마디 부탁드립니다. 이러면 좋은 아이템이다. 잘 될 거 같다고만 말해. 하라고도 말라고도 하지 마. 이런 이런 여자랑 결혼을 할까 합니다. 어떻게 생각하세요? 이런 거. 이게 젤 위험한 거야. 이미 다 끝난 상황이니까. 괜히 그러는 거야. 확인 받을라고. 자기도 어딘가 뭔가 불안하거든. 그래서 표 모으러

다니는 정치인들처럼 그러는 거야. 그냥 그러는 거지. 그땐 이렇게 말해. 야아, 부럽다. 대단하세요. 어디서 이런 멋진 여자를 만나셨나요? 뭐 이렇게. 충고? 그런 거 하지 마. 인생 낭비야. 아무도 아무 말을 안 듣는다니까? 물론 작은 거야 듣지. 어디가 시금치가 싱싱하다든가. 어디가 단무지를 푸짐하게 준다더라. 이런 건 온순한 골든 리트리버처럼 잘 듣지. 그렇지만 큰 건 안 들어. 도저히 견딜 수가 없거든. 좋은 짜장면에 대한 충고나 해. 여기가 맛있던데요. 기름기가 적고 담백해요. 딱 그 정도까지만 해. 다른 거는? 알지? 하지 마. 절대 하지 마.

남자는 중국집 주인이었다.

연포탕,
침팬지,
그리고 송중기

연포탕이란 명칭은 낙지를 끓일 때 낙지의 다리가 마치 연꽃처럼 펼쳐진다고 하여 붙여졌다는 말을 전해들은 낙지들은 도대체 자신들이 인간들에게 이러한 모욕을 당할 이유가 어디 있냐며 시커먼 분노의 먹물을 하늘 높이 뿜뿌루뿜뿜뿌뿜… 뿜어대기 시작했다.

*

아무래도… 깝치다가 얻어터진 침팬지보다 아무 짓도 안 했는데 얻어터진 침팬지가 무리로부터 더 많은 동정을 받는 경향이 있다고 언제나 눈탱이가 시퍼런 침팬지 한 마리가 연구원에게 말했다. 그건 인간사회도 다를 바 하나 없다고 연구원 중 하나가 덧붙였고, 침팬지들은, 뭐 어딘들 그리 다르겠냐며 되레 연구원들의 왜소한 어깨를 두드려 주었다.

*

생리주기가 다른 두 여자가 룸메가 되어 같은 공간에서 생활을 하다보면 스르르르르 본인도 모르게 생리주기가 같아진다는 연구결과를 전해들은… 현재 기숙사 룸메인 한 쌍의 햄스터는, 아이야아, 뭘 그런 것까지 발표를 다 하고 그래, 부…부끄럽게…라고 말하며 얼굴이 급빨개져서는 송중기를 닮은 연구원의 가슴팍을 때리기 시작했다.

공

그날. 해 질 녘 같은 수녀들이 꾸려 간다는 우리 동네
샛별유치원 앞에는 공이 하나 놓여 있었다. 수녀도 없고,
엄마도 없고, 아이도 없고, 공만 하나 있었다.
말없이 벚꽃만 바라보고 있었다. 며칠 전에는
한 사내가 저렇게 서 있었다.

굴랴

굴랴는 우즈벡어로 들꽃이라는 뜻이라 했다.
들꽃이라는 이름의 그녀는 대학 내 외국어 센터에서
일하는, 그때 내 나이의 두 배쯤 되는 조교 아주머니였다.
당시 한국어과에는 대사관에서 지원해서 구입한
캐논canon 복사기가 한 대 있었고, 그것은 그 건물의
유일한 복사기이기도 했다. 굴랴는 수업 중에도
살며시 들어와서, … 될까요? 라며 미안한 표정으로
종이를 흔들곤 했고, 난 그날의 기분에 따라 관대하게
'허'하기도 준엄하게 '불허'하기도 하였다. 그때마다
그녀는 들꽃처럼 활짝 웃기도 하고 시들어 버리기도
하였다. 2년 후 귀국하는 아시아나 비행기에 오르기 전,

나는 굴랴를 만났다. 너무나 부끄럽고 미안해서 그녀를 붙들고 울음을 터뜨렸다. 그 가난한 나라에서 그 하찮은 복사기가 선사했던 것의 이름이 권력이었다는 것을 내가 몰랐었다고 말하고 싶었다. 굴랴는 이름처럼 웃으며 괜찮다고 젊어서 그런 거라고 내 어깨를 두드려 주었다.

내게 권력이란 말은 그 시절, 복사기의 무시무시한 위력을 의미한다. 물론 들꽃이란 말은 굴랴 아주머니의 활짝 웃는 모습을 불러온다. 그리고 어떤 위대한 복사기도 들판에 낮게 핀 들꽃 하나를 복사할 수 없다.

혼잣말

극단적으로 이기적인 자들이 극단적으로 이기적인
행동을 한 후에 자신의 신에게 감사한다고 외치면,
나는 벌레를 더 사랑할 수 있을 것 같아진다.

공 하나를 사이에 두고 키커와 키퍼가 같은 신을 향해
다른 기도를 하면,
나는 그물을 향해 온몸을 날리는 한 마리 무지개 송어를
응원하게 된다.

신에 가장 가까운 물질적 존재는 태양이라고 어느
무신론자가 말한다면,
나는 아무래도 태양보단 cctv가 아니겠냐고
묻고 싶어진다.

개구리에게 왜 올챙이 적 생각을 하지 않느냐고
올챙이들이 불평하면,
나는 누구나 불평 많던 시절은 돌이키고 싶어 하지
않는 법이라 일러주고 싶어진다.

멋진 것들의 절대값에 관한 말들

1

'어제'와 '내일'을 같은 단어로 쓰는 언어가 있대. '지금', '여기'와 떨어진 거리가 같으니까. 말하자면 시간은 '절대값' 같은 거야. 그 시간을 잘게 쪼개서, 철저하게 지.금.여.기.에 사는 거야. 현재와 현재가 아닌 나머지 싹다. 이 분들의 삶을 상상해봐, 뭔가 멋지지 않아?

2

죠지아 오키프는 꽃을 아주아주 크게 그린 걸로 유명하잖아. 누군가 물었대. 왜 그렇게 크게 그리냐고. 대답이 아주 걸작이야. 어렸을 때 미술시간에 화초를 그리라 했나 봐. 그래서 꽃을 보게 되었는데, 그 안에 어마어마한 것이 있더란 거지. 아주 아주 크게 그리지 않으면 사람들은 자기가 본 것을 보지 못하기 때문이래. 가까이 자세히 보지 않으면 보이지 않는 우주가 있단 말이겠지. 어때, 정말 멋지지 않아?

3

'원수를 사랑하라'는 말은 멀리 있는 것'부터' 사랑하란 말일 거야. 멀리 있는 것'만' 사랑하란 것도 아니고 멀리 있는 것'도'도 아니고 멀리 있는 것'까지'도 아닐 거야. 최대한 멀리 있는 것부터, 그것부터 사랑할 수 있다면 모두 품을 수 있을 테니까. 시인이 별을 사랑하는 것도 같은 이유일 거라고 생각해. 멀리 있는 것부터. 보이지 않는 것부터. 아련한 것부터. 어때, 정말 멋지지 않아?

4

나는 꽃보다 잎이 더 마음이 가더라. 커다란 잎은 말없이 속 깊은 여자를 떠올리게 해. 물론 원했던 건 아니겠지만, 언제나 주목을 받는 꽃의 변두리에서 묵묵한, 그런 착한 사람을 떠올리게 해. 그때는 어렸었지. 잎이 보이지 않더라고. 지금은 아침마다 커다란 잎부터 물을 주지. 낮 동안 친절한 산소를 뿜어줄 착한 잎부터. 어때, 정말 멋지지 않아?

태풍을 좋아하는 사내

언젠가 온타리오 호수를 찾았는데요.

접시랑 안테나가 달린 스포티지를 타고 온

한 백인 아저씨를 본 적이 있었어요.

커다란 망원경으로 토론토 쪽을 보고 있었는데

태풍을 기다리고 있다고 하더군요.

그걸 어떻게 알고 기다리느냐고 물었더니.

자긴 어릴 때부터 태풍이 너무 좋아서

태풍만 따라다녔대요.

근데 어느 순간부턴 조금 떨어져서 기다리게 되었다고
하더군요.
너무 좋아하면 그렇게 된다고 말이죠.

아는 여자

한 여자가 발을 구르며 열차가 오기를 기다린다.
문이 열리면 자리가 나기만을 기다린다. 앉아서는 내내 두리번거리며 내릴 역이 오길 기다린다. 여자는 가방을 품에 안고 눈을 감는다. 그리고 내린다. 뭔가를 기다리기 위해, 기다리기만 하다 사라지는 여자의 뒷모습을 본다.
꼭 아는 여자 같다.

자판기

고등동물일수록 양육에 걸리는 시간이 길어진다 한다.
하여, 쪼는 거 말곤 별다른 기술을 필요로 하지 않는
닭은 거의 알에서 나오자마자 모이쪼기를 시작하지만
지능이 높은 까마귀는 의무교육을 받는 데에 몇 년이
걸린다던가. 아무래도 까마귀처럼 고등한 생명체가
되긴 틀린 듯하고 역시 나는 자판기…가 되는 게 좋겠다.
자판기. 항상 제자리에 서서, 자신의 온도를 정확하게
파악하여 일하고, 한눈팔지 않으며, 친절하며, 다정을
가식하지 않으며, 차별하지 않으며, 무엇보다 불평하지
않는, 그런 미더운 한 대의 자판기가 되어, 아무도 없는
밤이면 동전을 하나 물고 오는 다정한 까마귀랑 둘이서
땅콩이나 까먹으면서, "야구와 나, 둘 중에 하나를

선택하라"는 최후통첩을 받자 지체없이 "야구. 난 당신보다 야구가 더 좋아"라고 대답한 전 LA 다저스의 투수 잭 그레인키와 그 정직성에 반해 결혼했다는 에밀리 그레인키 커플의 아름다운 사랑에 관해 얘기를 나누며, 결코 서로를 넘버원이라고 정직하게 말할 수 없는 비밀스런 넘버원 커플의 우정처럼, 거품 아래 찰랑이는 맥주를 다정하게 마실 것이다. 까마귀랑. 나랑. 이렇게. 둘이서.

호수공원

남자는 호수공원엘 갔다. 호수만 있었다.
잉어는 없었다. 생과자 트럭만 있었다. 친구는 없었다.
바둑 두는 노인들이 있었다. 활짝 웃으며 사진을 찍는
불륜의 커플이 있었다. 남자는 추억이랑 잠시 서 있었다.
우리는 흔히 더 큰 상처를 막기 위해 작은 상처를 준다.
하지만 작은 상처보다 큰 상처는 없다.

공격적 화법

묻는 말에 대답 안 하는 거. 이게 공격적 화법의 기본이죠. 절대 상대방의 질문에 대답하지 말아요. 죄책감 따위 느낄 필요 없다구요, 아셨죠? 묻는 말에 대답하지 말아요. 대신 자기 질문을 하세요. 공격적 화법. 아니면 영원히 뒷걸음질 치게 된다구요. 한번 밀리면 끝이에요.

맞춤법

맞춤법을 잘 틀리시는 분을 보면 왠지 헐렁한 분 같다.
맞춤법을 안 틀리시는 분을 보면 왠지 깔끔쟁이 같다.
알던 맞춤법도 일부러 틀리고 싶은 사람이 있다.
헷갈리던 맞춤법도 미리 점검하고 싶은 사람이 있다.
어떤 좋은 사람을 보면, 그 사람에게 나를 맞추고 싶어진다.

남자들

남자들이란 처음엔 남자를 얻기 위해 다음엔 남자를
지키기 위해 마지막엔 남자를 되찾기 위해 평생을
오로지 남자로만 사는 생명체이지만 정작 제대로
남자였던 적이 단 한 번도 없었기에 지하철 노약자석의
노인들은 너무 시끄럽거나 너무 시무룩하다.

데카르트

남자는 말했다. 그거 알아? 태어나는 순간 죽어가는 거야. 발버둥을 쳐도 결국은 말이야, 생물학적인 한계에 대한 저항에 불과해. 태어나면서부터 우린 죽는 거거든. 잘 생각해 봐봐. 다 소멸해 버려. 사랑? 찐했지. 하지만 뭐야, 없어. 다 소멸해 버리는 거거든. 머리에 남는 게 없어. 내 앞에 있는 건 5초간 있는 거라니까. 5초. 이게 다란 말이야. 데까르트가, 응, 나는 생각한다, 고로 존재한다구? 그것도 아닌 거야. 진짜 실존은 말하지 않아. 진짜 실존은 돌덩이 같은 거야. 말 안 하고 가만히 있는 바위. 나무. 풀. 이런 것들이지. 실존이니 뭐니 하는 거 다 불안하니까 그런 소리를 하는 거야. 불안하면 말이 많거든. 자족하는 사람들은 존재 안 하는 거야. 존재하지. 하긴 하는데… 근데 존재 안 하는 거야.

증명

열차가 흔들려 수줍은 남자랑 키스할 뻔했다.
여자였다면 그렇게까지 필사적으로 피하지 않았을
것이다. 우리는 서로 남자임이 분명하다.

개구리

몇 해 전 미국에서 있었던 일이다. 야외 체험학습
시간이었다. 개굴아 개구리야 이제 나의 소중한 키스를
받고 나의 왕자가 되어줘. 한 무리의 소녀가 각자의
개구리에게 말했다. 며칠 후 소녀들은 집단적으로
살모넬라균에 감염이 되었고, 주 당국은 이렇게
발표하였다. 전국의 소녀 여러분. 여러분들이 아무리
진심을 담아 키스를 한다 하여도 결코 개구리가 왕자가
되는 일은 없습니다. 반복합니다. 개구리는 왕자가
아닙니다. 개구리는 그냥 개구리입니다. 몇 해 전
미국에서 있었던 일이다.

문제들

농담은 사과를 필요로 한다. 이것은 용기의 문제.
사랑한다는 말보단 아낀다는 말이 좀 더 구체적이다.
이것은 두 사람의 문제. 초침은 한 번에 1초씩 가고
분침은 한 번에 1분씩 간다. 이것은 형평의 문제.
선진국에 가면 누구나 과묵해질 수 있다. 이것은 말의
문제. 첫사랑이 둘째 사랑보다 나은 점은 더 아프다는
거다. 이것은 순서의 문제. 영화에 경상도 말이 많이
등장하는 이유는 경상도 출신 배우는 경상도 말밖에
못 하기 때문이다. 이것은 지리의 문제. 자기가 졸저,
라고 해 놓고 나도 덩달아 졸저…라고 하면 화내는 사람
많다. 이것은 눈치의 문제.

자랑의 미학

시인은 갯벌 속 연근 같이 깊이 박힌 시 한 뿌리를 캐다
부러진 손톱을 자랑하고 성형미인은 코에서 분필을
뽑아서, 나 이제 의젓해졌어요, 라고 칠판에 쓰듯 복도에
또각또각 찍히는 하이힐 소리를 자랑하고 바람둥이
유부남은 새로운 가능성을 만날 때마다 지갑에서 꺼낸
아이들 사진을 쓸쓸하게 자랑하고 부자는 아주 가끔 먹는
라면으로 소탈함을 자랑하고 빈자는 아주 가끔 먹는,
라면이 아닌 것으로 다복함을 자랑하고 무리는 부서져도
무너져도 흩어지지는 않는, 지독한 결속을 자랑하고
시골의 바보 형은 언제든 90도로 접히는 예의 바른
허리를 자랑하고 허리 굽은 노인들은 바보 형들로 가득한
고장의 유서 깊은 예의를 자랑하고 어느 인심 좋은

시골에선 얼굴도 이름도 없는 범인이 사이다를 독약으로 바꾸는 신비의 연금술을 자랑하고 그럼에도 불구하고 연인들은 과거와 미래 사이로 나 있는 그 아슬아슬한 시간을 나란히 나란히 걸어내고 있는 자신들의 대견함을 자랑한다.

그것이 알고 싶다

전철역 출구를 나오는데 환기구 앞에서 엄청난 장면을 목격했다. 한 남자가 두 손으로 여자의 목을 조르고 있었던 거다. 20대 초반으로 보이는 단발머리 여자였다. 무심한 행인들은 모두 고개를 돌린 채 자기 갈 길만 갔다. 평소… 그것이 알고 싶다… 애청자인지라 두 번 생각할 것도 없이 상황을 파악한 나는 여자를 구하기 위해 달려들었다. 하지만 다음 벌어진 믿을 수 없는 장면에 나는 그만 뚝. 멈춰 서고 말았다. 두 사람이 목하 키스… 중에 있었기 때문이었다. 서로의 목을 조르며 말이다. 까무룩 곧 죽을 것 같은 표정으로 말이다. 아… 이게 뭐지… 잠시 어지러웠지만 나는 곧 흩어진 정신을 수습한 후… 환기구에 발을 올리고 의연하고 담담하게 운동화 끈이나 다시 묶었다.

친구의 비밀

최근 오스트리아 소재 어느 대학 연구팀은, 탈모가 진행됨에 따라 유머감각이 급격하게 떨어질 수 있다는 실험 결과를 발표하였고, 나는 평소 어마어마하게 재밌는 친구와 사우나를 갔는데, 그의 그 재기발랄함이 모두 가발로 밝혀졌다.

후회

조심만 하던 사람은 좀 더 마음대로 살걸 하며 후회한다.
경솔만 하던 사람은 좀 더 신중하게 살걸 하며 후회한다.
조심만 하던 사람은 후회도 조심스레 한다.
경솔만 하던 사람은 후회도 경솔하게 한다.
그 사이 후회는 후회만 하고 간다.

동네서점

동네서점에 가면 잘 웃는 동네서점 알바생이 있고,
우연한 인사를 나누는 동네의 젊은 엄마 둘이 있고,
어디에도 쫓기지 않는 동네 아이들이 있고, 문제집
앞에서 귓속말을 하는 동네 학교 여학생이 둘 있고,
천천히 천천히 시간의 페이지를 넘기는 동네 노인이 있고,
동네, 동네, 동네란, 골목을 뛰어가는 여자아이 이름
같다고 생각하는 내가 있다, 동네서점에 가면. 그리고
수심 가득한 얼굴의 동네서점 주인도 가끔.

일상의 기쁨

4호선이었다. 내 옆에 앉아 폰 하던 여자가 갑자기 킄,
하고 웃었는데 폰 하던 내 손목에 콧물이 분무되었다.
너무나 시원하고 고마워서 나도 따라 킄, 하고
웃어보았지만 내 껀 분무되지 않았다. 뭔가 손해 본
느낌이었다.

*

그리고 안국역 쪽으로 걷다가. 우연히.
1회용투명비닐장갑을 끼고 담배를 피우는 여인을 보았다.
내가 나무젓가락으로 피우는 대범한 교복커플이나
핀셋으로 피우는 정교한 치과의사는 본 적이 있지만
1회용투명비닐장갑은 처음이었다. 무척 창의적이고

사랑스러운 여인일 거라 추정되었다.

*

아까. 서울역쯤인가에서 길을 건너는데. 남루하고 굽은 노파가 나를 자꾸 따라오며 하얀 종이를 자꾸 내밀었다. 나는 자꾸 뿌리쳤지만 노파는 자꾸 떨어지지 않고 자꾸 내 어깨에 여자가 둘이 매달려 있어서 조속히 조치를 취하지 않으면 큰일난다며 집요하게 따라왔다. 나는 아니 그건 좋은 일인데 왜 이러시냐고 묻지도 따지지도 않고 다만 으쓱해져서는 힘차게 힘차게 앞으로만 나아갔다.

기준

남들 듣고 싶은 얘기만 하다 보면 자기가 사라지게 된다. 어느 순간 자기가 싫어진다. 남들 듣고 싶은 얘기만 피해서 하다 보면 남들이 사라지게 된다. 그리고 어느 순간 쓸쓸해진다. 남들이 유일한 기준이 되어서는 곤란한 것이다. 장사도 아닌데.

햇살의 힘

지하철이 지상으로 올라서면 일요일의 햇살이 쏟아진다. 사람들은 숙였던 고개를 일제히 든다. “강이다, 엄마, 엄마 강이예요, 강!”이라고 외치는 건 언제나 아이이거나 바보다. 어른이고 영리한 자들은 외치지 않는다. 모르는 체한다. 자기도 좋으면서. 자기도 햇살 보고 씨익 웃었으면서. 눈길이 마주치면 뭐라 말하려 했으면서. 뚜욱, 모르는 체 한다. 자기들도 좋으면서.

왈츠

지구가 비록 짜부라지고 못생긴 무화과 같이 생겼지만
그래도 해마다 봄이 찾아오는 것은 언제나 고개를 약간
기울인 채로 뭔가를 향해 쉼 없이 자신의 왈츠를 추기
때문이라 한다.

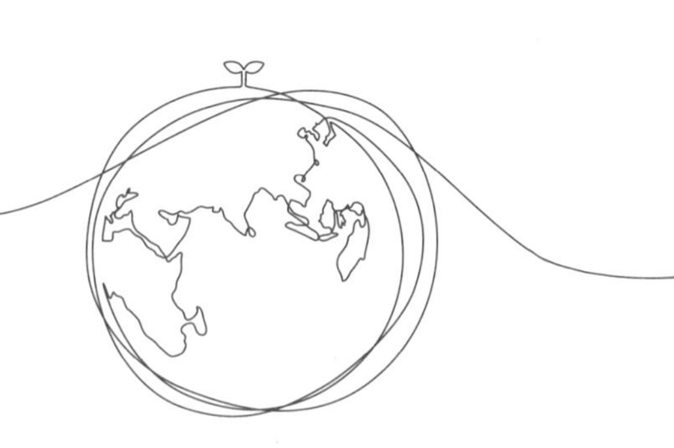

간곡한 당부

차량이 정지하고 시간이 완전히 열린 후 하차하십시오.
손쉬운 행복에 기대거나 함부로 잡지 마십시오.
타인의 계단에 서서 가로막지 마십시오.
뛰거나 밀치거나 장난치지 마십시오.
부저가 울리면 당신의 시간은 자동으로 개폐됩니다.
질서 있게 하차해 주십시오.
당신이 가는 길에 행운이 깃들기를 바랍니다.
안녕히 가십시오.

「이 도서의 국립중앙도서관 출판예정도서목록(CIP)은 서지정보유통지원시스템 홈페이지(http://seoji.nl.go.kr)와 국가자료공동목록시스템(http://www.nl.go.kr/kolisnet)에서 이용하실 수 있습니다.(CIP제어번호: CIP2016027743)」

당신의 깃털보다 내가 가벼웠던 시절

초판발행 2016년 11월 30일

지은이 염신현
그린이 김정미
펴낸이 김정한
디자인 퍼플랩아이엔씨 김현진

펴낸곳 어마마마
임프린트 이불

출판등록 2010년 3월 19일 제 300-2010-35호
주소 110-034 서울특별시 종로구 효자로 9길 43 (창성동)
문의 070-4213-5130 (편집) 02-725-5130 (팩스)

ISBN 979-11-87361-03-9
정가 13,000원

*이불은 어마마마의 문학 전문 브랜드입니다
*잘못된 책은 바꾸어 드립니다